János Kőbányai · Exodusroman

János Kőbányai
Exodusroman

Deutsch nach einer Übersetzung aus dem Ungarischen von Karlheinz Schweitzer

EDITION wespennest

Die Deutsche Bibliothek – CIP-Einheitsaufnahme
Kőbányai, János:
Exodusroman / János Kőbányai.
Aus dem Ungar. von Karlheinz Schweitzer.-
Wien : Wespennest, 1999
(Wespennest Literatur)
ISBN 3-85458-520-9

Titel der Originalausgabe: Légy Áldott! Exodusregény

Visuelle Gestaltung: fuhrer
Umschlagphoto: Photonica, David Gibson

Herstellung: Agens-Werk
Verlags-und Herstellungsort: Wien
Printed in Austria

Veröffentlicht mit Unterstützung des ungarischen Kultusministeriums
und der Frankfurt '99 gemeinnützige GmbH (Budapest)

Exodusroman

Rühme, du Unfruchtbare, die du nicht geboren hast! Freue dich mit Rühmen und jauchze, die du nicht schwanger warst! Denn die Einsame hat mehr Kinder, als die den Mann hat, spricht der HERR.

Mache den Raum deines Zeltes weit und breite aus die Decken deiner Wohnstatt; spare nicht! Spann deine Seile lang und stecke deine Pflöcke fest!

Denn du wirst dich ausbreiten zur Rechten und zur Linken, und deine Nachkommen werden Völker beerben und verwüstete Städte neu bewohnen.

Fürchte dich nicht, denn du sollst nicht zuschanden werden; schäme dich nicht, denn du sollst nicht zum Spott werden, sondern du wirst die Schande deiner Jugend vergessen und der Schmach deiner Witwenschaft nicht mehr gedenken.

Denn der dich gemacht hat ist dein Mann …

(Jesaja 54, 1–6)

Die Hand des Vaters. Sie streichelte ihren Kopf. Die der Mutter niemals. Ihr blieben kaum Erinnerungen an das Elternhaus. Alle drei Geschwister verließen das Haus gleichzeitig. Ihre Schwester war sieben, ihr Bruder fünf Jahre alt. Sie war noch nicht einmal drei, als sie über ein Waisenhaus zu einem kinderlosen Ehepaar kam. Die Frau hatte sie gewollt, der Mann nicht. Die Frau war unfruchtbar, der Mann sehnte sich nach eigenen Kindern. Bald brachte man sie zurück ins Waisenhaus. Bis zu ihrem siebten Lebensjahr trieb das Leben sie durch vier Familien, bis sie schließlich in das jüdische Waisenhaus gelangte. Die längste Zeit, ein Jahr, verbrachte sie bei einer Witwe. Janka Genáths Mann war im Ersten Weltkrieg gefallen, ihr Sohn Jenő arbeitete als Herrenschneider. Sie schlief zu Tante Jankas Füßen im Ehebett, Jenő im anderen Zimmer. Tante Janka ließ sie auch ein Jahr lang in den jüdischen Kindergarten gehen. Zu Chanukka* bekam sie von ihr ein Paar neue Schuhe. Die Mutter ließ sich, bei einem ihrer seltenen Besuche, die Schuhe, die zu klein waren, geben und wollte sie gegen ein Paar größere eintauschen. Sie sah ihre Schuhe nie wieder.

«Euer Vater ist so verkommen, daß er nicht das Familienoberhaupt sein kann, er kann nicht für seine Kinder sorgen.» So erklärte ihnen die Mutter, daß sie nicht zu Hause wohnen konnten wie andere Kinder. Ihr Schwester Rózsi kam sofort in ein Waisenhaus und starb dort nach einem Jahr an einer Mittelohrentzündung. Ihr Grab befindet sich heute noch auf dem jüdischen Friedhof von Szeged.

Sie spielten auf einem Diwan. Sie hatte ein rotes Kleid an. Man hatte sie aus der Anstalt nach Hause geholt, ihre Schwester kam von irgendwelchen Pflegeeltern. «Lujzi, Lujzi, ich rolle vom Bett.» Und sie packte Rózsi, damit sie nicht vom Bett fiel. Diese eine Erinnerung an die Schwester blieb. Als Rózsi starb, saß der Vater in schwarzen Socken auf einer Kiste. Auf die Kiste hatten sie einen Putzlappen gebreitet, den sie mit Asche bestreuten. Nach dem Tod der Schwester wollten die Eltern trotz allem versuchen, die verbliebenen zwei Kinder großzuziehen. Sie und ihr Bruder kamen kurze Zeit nach Hause, aber alles begann von vorne. Die Mutter arbeitete eine Weile in einem Büro, dann wurde sie Marktfrau. Sie hatte einen großen Stand und handelte mit Kurzwaren. Der Vater setzte für die Bauern alle möglichen Schriftstücke auf, Gesuche, Briefe. Wenn es sein mußte, übersetzte er auch, denn er konnte gut deutsch und serbisch.

Ihr Vater hieß Géza Schnizer. Väterlicherseits stammte er aus einer berühmten Malerfamilie, die sich mit Kirchenmalerei, Vergolden und Steinmetzarbeiten beschäftigt hatte. Er wollte Jurist werden, hatte auch einige Semester absolviert, dann aber die Familientradition fortgeführt. Heute noch findet man in einigen Kirchen von Szeged die Spuren seiner Arbeit. Seine Mutter stammte aus Großwardein*, ihr Vater Simon Ausländer war Toraschreiber gewesen und früh gestorben. Seine fünf Kinder wurden in alle Winde verstreut. Als die Witwe dann wieder heiratete, holte sie die Kinder zurück und hielt die Familie für ein paar Jahre zusammen.

Die Mutter war ganz jung nach Szeged gekommen, wo sie im Büro eines Getreidehändlers arbeitete. In dieser Zeit wurde Siebenbürgen von Ungarn getrennt, und man konnte eine Weile nicht über die Grenze gehen. Sie war erst dreiundzwanzigeinhalb

Jahre alt, als sie den Vater kennenlernte. Und sie heiratete ihn kurze Zeit darauf. Der Vater war zweiundvierzig. Ihre ersten beiden Kinder waren Frühgeburten und starben. Das erste Kind, das am Leben blieb, war Rózsika. Sie wurde 1929 geboren und starb im Alter von sieben Jahren. 1930 kam ihr Bruder zur Welt, dann sie im Jahre 1932. Damals war ihr Vater dreiundfünfzig.

Die Ehe der Eltern ging bald wegen der Leichtlebigkeit und des schlechten Charakters der Mutter in die Brüche. Sie flirtete mit jedem, betrug sich herausfordernd, und betrog ihren alternden Mann, wie und wann sie wollte. Der Vater, ein jähzorniger Mensch, ertrug es schwer, ständig Hörner aufgesetzt zu bekommen. Einmal kam er sogar ins Gefängnis. Jemand hatte sich Vertraulichkeiten mit der Mutter herausgenommen, und deshalb hatte er ihm eine Sodaflasche auf den Kopf geschlagen. Das Gericht verurteilte ihn dafür zu sechs Monaten. Danach wurde ihr erstes Kind geboren, ein Sohn. Er war eine Frühgeburt und starb. Solange der Vater im Gefängnis war, hielt sich die Mutter einen Liebhaber. Der Vater fing an zu trinken. Zuerst nur gelegentlich, dann immer hemmungsloser und offensichtlicher. Er verwahrloste zunehmend.

Mächtige Mauern trennten das jüdische Waisenhaus von der Außenwelt, im Inneren trennten sie Jungen und Mädchen. Es gab zwischen den beiden Heimen eine kleine Pforte im Garten. Frühstück und Mittagessen nahmen die Zöglinge getrennt, das Abendessen gemeinsam ein. Da las dann der Herr Direktor Dr. Alfred Székely das Programm für den nächsten Tag vor, und man durfte keinen Mucks machen. Kinder und Jugendliche im Alter von sechs bis achtzehn Jahren wurden hier erzogen. Ihre Erzieherin, Frau Reiner, wurde Tante Karola genannt. Sie hatte ihre eigene Tochter bei sich. Wenn alle Kümmelsuppe mit trockenem Brot aßen, hatte dieses Mädchen Hühnerfleisch und Nudeln mit Mohn. Die Erzieherin neigte zum Sadismus. Sie schlug die großen Mädchen mit einem Schüreisen, die kleineren mit einem Ledergürtel. Einmal bekam sie solche Schläge, daß ihre Nase blutete. Sie beklagte sich bei ihrer Mutter und zeigte ihr das blutverschmierte Taschentuch. Das war das erste und letzte Mal, daß sie ihre Mutter um Hilfe bat. Statt der Erzieherin Vorwürfe zu machen, daß sie ein sechseinhalbjähriges Mädchen so grob behandelte, sagte die Mutter: «Fassen Sie sie ruhig hart an, sie hat das Blut des Vaters.»

Sie und ihre Freundin Éva bekamen die meisten Schläge. Mit Éva schlief sie in einem Bett, weil ihr als der Kleineren kein eigener Schlafplatz zustand. Die arme Éva machte jede Nacht ins Bett. Tante Karola nannte jedoch sie eine Bettnässerin und erniedrigte sie auf das Häßlichste, indem sie sie auf einen Stuhl stellte und allen die fleckige Matratze zeigte. Sie deckte Éva, wo sie nur konnte. Sie versuchte mit der Wärme ihres Körpers das Laken bis zum Morgen zu trocknen.

Geweckt wurde um fünf Uhr früh. Es folgte ein halbnacktes, flüchtiges Waschen und Zähneputzen. Zurück in den Schlafsaal, Betten machen. Im Schlafsaal reihten sich weiße Eisenbetten, auf jedem eine Matratze und eine Decke. Die Decken waren grau und hatten am Fußende zwei blaue Streifen. Zwölf Betten standen nebeneinander. Morgens beugte sich die Erzieherin über das Ende des ersten Bettes und schaute über die Liegestätten. Die Streifen mußten aneinanderstoßen und eine durchgehende Linie bilden. Diejenige, deren Bett die Gerade unterbrach, mußte eine Woche lang alle Betten machen und zur Strafverschärfung den Boden kehren und wachsen. Mit sieben bekam sie mehr Schläge als Essen. So war der Hunger, als sie später ins Lager kam, für sie nichts Neues. Sie wurde dort weniger gedemütigt und bekam mehr zu essen als im Waisenhaus.

Die Kinder in den Gemüsekeller zu sperren, war die schwerste Strafe nach Schlägen und Essensentzug. Der dunkle Ort war mit Sand ausgestreut, darauf eine Schicht Kartoffeln, dann wieder eine Schicht Sand, dann wieder Kartoffeln. Auch Rüben und Kohl wurden dort nach dem gleichen System gelagert. Je nach dem Urteil von Tante Karola mußte man eine halbe oder eine Stunde in der Finsternis büßen, was auch deshalb unheimlich war, weil katzengroße Ratten den Keller bevölkerten.

Einmal wurde ein Mädchen namens Aranka Potuschek in den Keller gesperrt, weil es der Erzieherin widersprochen hatte. Man brachte sie hinunter und verriegelte die Tür. Das Mädchen flehte, es nicht einzusperren, weil es sich vor den Ratten fürchtete. Aranka hatte keinen Vater, ihre Mutter hatte ein Lungenleiden, deshalb war sie ins Waisenhaus gekommen. Sie kam aus der Slowakei, war keine ungarische Staatsbürgerin, ihre Mutter lebte unweit der Anstalt in einem winzigen Zimmer. Es gab kein Erbarmen, man steckte Aranka in den Keller, als sie gegen vier Uhr anfingen, die Aufgaben zu machen.

Zum Abendessen, als sie in Reih und Glied an die Tische traten, stellte sich heraus, daß Aranka fehlte. Es waren etwa zweieinhalb Stunden vergangen. Éva saß neben ihr, das kleine Mädchen, das fehlte, war ihre Nachbarin. Sie aßen zu Abend, erst dann fragte sie: «Évi, wo ist denn Aranka?» «Frag die Großen.» In ihrer Nähe saßen die drei bis vier Jahre Älteren, Zsuzsi Rozner, Vilma Schnitzer und Éva Hahn. «Vilma, wo ist Aranka?» «Weiß ich nicht, vielleicht weiß Éva es.» «Éva, wo ist Aranka?» «Man hat sie zur Strafe in den Keller gesteckt. Geh, erinnere Tante Karola daran!» Sie suchte die Erzieherin, fand sie aber nicht. Sie erschien erst zum Zapfenstreich. «Tante Karola, wo ist Aranka?» «Was geht dich das an?» «Seit vier Uhr hat sie niemand gesehen. Ich möchte wissen, was mit ihr los ist.» Noch bevor sie den Satz zu Ende sprechen konnte, bekam sie eine saftige Ohrfeige. Man sah der Erzieherin an, daß sie beunruhigt war. «Niemand verläßt den Schlafsaal.» Eilig schloß sie die Tür. Sie hatte auf das Mädchen im Keller vergessen. Aber sie traute sich auch nicht alleine in den Keller, und so suchte sie den Direktor Székely. Damit verging einige Zeit, schließlich trieb sie den Schulmeister Scharstein auf. Es war vielleicht halb neun, als man einen Aufschrei vom Flur hörte. Am Morgen erfuhren sie, daß die Ratten ihre kleine Gefährtin aufgefressen hatten. Es sah so aus, als sei sie durch den Schrecken ohnmächtig geworden, sie war wehrlos, und die Ratten hatten sie zerfleischt. Man benachrichtigte ihre Mutter und beerdigte sie. Tante Karola blieb. Aber es kam schon die Zeit, in der sie deportiert wurden.

Das Frühstück bestand aus Kümmelsuppe und einer Scheibe Brot. Wer eine Strafe zu verbüßen hatte, ging leer aus. Danach stellten sie sich in Reih und Glied vor der Pforte der Anstalt auf. Bevor sie in die Schule gingen, prüfte man, ob sie ordentlich angezogen waren. Sie trugen einen schwarzen Rock und eine schwarze Bluse mit einer weißen Schleife, graue Strümpfe und schwarze Schuhe. Die Haare waren zum Zopf geflochten. Sie gingen in die jüdische Grundschule. In der Religionsstunde lernte sie das Schma Jisrael* und andere Gebete. In der Anstalt wurden die Gesetze der Kaschrut* streng eingehalten. Sie rochen nicht gut, weil sie Kaliseife zum Waschen bekamen. Die Kinder von draußen verspotteten sie als stinkende Waisenhäusler. Die Lehrer waren bemüht, alle gleich zu behandeln. Sie hatte eine kleine Freundin, Anikó Fellegi, die ihr oft ihr Pausenbrot gab. Das eiserne Regiment in der Anstalt wurde nur an Feiertagen gelockert. Zum Purimfest* sammelten die Juden von Szeged Schlachmonesgaben*. Es gab ein Jahr, da konnten sie essen, soviel sie schafften. Zu einem Chanukkafest bekam sie eine Puppe, doch die Erzieherin nahm sie ihr sofort wieder weg. So hatte sie in ihrem ganzen Leben fünf Minuten lang eine Puppe. Anderes Spielzeug hatte sie nie. Anläßlich eines anderen Chanukkafestes nannte ihnen der jüdische Frauenverein ein Kaufhaus, in dem die Waisenhauskinder sich für eine bestimmte Summe Kleider aussuchen konnten. Man führte sie in die Innenstadt. Weihnachten fiel auf die gleiche Zeit, ganz Szeged schwelgte im festlichen Licht bunter Lampen und Lampions. In den Schaufenstern lockten Weihnachtsmänner, Süßigkeiten in schillerndem Papier, schöne Kleider, wunderbares Spielzeug, welches nie in ihre Hände gelangen würde. Sie sah ein junges Paar mit einem kleinen Mädchen von vier oder fünf Jahren. Sie brach aus der Reihe, warf sich auf das Mädchen, prügelte und würgte es. Die Eltern und die Erzieherin konnten das Mädchen kaum ihren Händen entreißen.

Das Waisenhaus auf dem Berliner Ring Nummer 3 und die jüdische Schule an der Ecke Jósika-Báró- und Korona-Straße waren eine Viertelstunde voneinander entfernt. Auf dem Fußweg sah man eine Menge. Mit ihren sechs Jahren sah sie die Welt wie eine Sechzehnjährige. Sie konnte erkennen, daß ihre Mutter anders war als die meisten Menschen, in ihrer Kleidung und in ihrem Verhalten. Ein Hausmütterchen erscheint nicht im roten Turban auf der Straße, mit roter Schminke, mit provozierend gefärbten Wimpern. Die Frauen der ordentlichen Welt gingen in einfachen, bescheidenen, einfarbigen Kleidern, sowohl die Mütter ihrer Gefährtinnen, die samstags ihre Kinder besuchten, als auch die, die werktags kamen, wenn sie die Erlaubnis dazu hatten. Ihre Mutter prunkte in aufrührerisch bunten Kleidern mit großen Rosen. Sie verglich und spürte den Unterschied. Wenn die Mutter sie besuchte und ihren Namen rief: «Lujzi, wo bist du, zeig dich, deine Mutter ist hier», kletterte sie auf den Kirschbaum und kam erst herunter, wenn sie weg war. Sie war ein kleines Kind, aber sie schaute aus der Höhe auf sie herab. Sie entwickelte keine seelische Bindung zu ihr. Bis zum heutigen Tag ekelt sie sich vor ihrer Berührung.

Der Vater hetzte niemals gegen die Mutter. Im Gegenteil, er sagte immer: «Ich liebe deine Mutter. Unterstütze sie! Wenn du was gegen sie tust, drehe ich mich im Grab um, höre mir das Kaddisch*, das du für mich sprichst, nicht an, nehme die Kerze nicht an, die du für meine Jahrzeit* anzündest.» Sie traf sich in der Kneipe mit dem Vater, aber nicht unter all den heruntergekommenen Menschen, sondern im ungarischen Salon.

Die Gastwirtschaft Szűcs war auf dem Valéria-Platz, fünf Minuten von der Schule entfernt, wenn man rannte. Sie mußte die Beine flink bewegen, um in fünf Minuten da zu sein. Der ungarische Salon war mit naturfarbenen, lackierten Tischen und schweren, geschnitzten Stühlen eingerichtet. Die Stuhllehnen waren mit roten und himmelblauen Rosen und gestreckten Herzen bemalt. An der Wand hingen gewebte Stoffe und Zierflaschen. Der Vater wußte, wann man zur großen Pause klingelte, und bemühte sich, rechtzeitig da zu sein. Er kam die Treppe herunter, umarmte sie, ließ sie neben sich am Tisch sitzen. Er bestellte ihr ein Glas Himbeersaft. Einmal bemerkte sie der Schuldirektor, als sie durch das Tor zurückgerannt kam: «Wo warst du?» «Spazieren.» «Zu Hause rechnen wir ab.» Er sagte es der Erzieherin, die schlug sie so sehr mit dem Gürtel, daß sie lange nicht auf dem Rücken liegen konnte.

Der Vater erzählte ihr meist von der Geschichte. «Wo wart ihr Samstag Nachmittag spazieren?» fragte er. Und dann sagte sie: «Auf dem Rákóczi-Platz, auf dem Dugonits-Platz, am Ufer der Tisza.» «Am Ufer der Tisza?» Und dann erzählte er die Geschichte von Attila, bis dahin, wo der Herrscher der Hunnen sein Schwert in die Wasser der Tisza warf. Er wurde in einem dreifachen Sarg in der Tisza beerdigt. Der Vater brachte ihr ein Gedicht bei, an das sie sich noch heute erinnert: «Bei Szeged in der tiefen Theis, ruht ein großer König, in einem Sarg aus Eisen, Gold und Silber, im ew'gen Schlaf lauscht er dem Gesang der Fischer ...». Oder er erzählte von Dugonits oder von Lajos Tisza. Lajos Tisza hatte nach dem großen Hochwasser gesagt, daß Szeged schöner denn je wiederaufgebaut werde.

Der Vater sprach gerne von längst vergangenen Dingen, von Helden und von wunderbaren Siegen, aber niemals davon, warum sie im Waisenhaus leiden mußte und wann sie daraus befreit werden würde. Mehrmals legte er ihr ans Herz, die Mutter zu lieben, sie nie zu kränken, weil sie so auch ihn damit kränken würde. Er tröstete sie nie damit, daß alles besser werden würde.

Um ein Uhr kamen sie von der Schule nach Hause. Sie aßen zu Mittag. Meistens gab es Ritschett* und Maisbrei. Jeder machte alleine im Arbeitssaal die Hausaufgaben, die älteren Schüler fragten sie ab. Lesen war ihr Lieblingsfach. Von den Älteren lernte sie Gedichte von Petőfi, János Arany, József Kiss. Von den Jungen lernte sie, daß man der Fußballmannschaft von Ferencvaros die Daumen drücken müßte, weil grün-weiß die schönste Farbe sei, und bei Ferencvaros die besten Spieler wären. Die Heimkinder waren alle Fradi-Anhänger.

Nach dem Unterricht durfte man lesen oder unerledigte Putzarbeiten vom Morgen beenden. Der Direktor hatte drei Zimmer, deren Böden er oft selbst bohnerte. Um halb sieben war Abendessen: Dickmilch und eine Scheibe Brot. Zapfenstreich war dann um sieben. Am Freitagabend gab es Kartoffeln mit Eiergraupen oder Kuchen mit Marmelade. Einmal im Monat, immer samstags, gab es Huhn, natürlich nur für die Größeren. Sie bekamen Nudeln mit Soße. Der Direktor betete das Kiddusch* und ging dann nach oben, denn seine Familie wohnte in der Anstalt. Den ganzen Samstag durften sie im Garten spielen. Nach der Hawdala* konnten die Größeren in Gruppen in die Stadt gehen. In die Synagoge führte man die Heimkinder nur an hohen Feiertagen. Darauf warteten sie das ganze Jahr. Dann verteilte nicht die Anstalt, sondern der Israelitische Frauenverein das feine Gebäck. Lauter vornehme, feine, wohlriechende Frauen. Was sie gegessen hatte, konnte man ihr nicht wegnehmen.

Sie war etwa acht Jahre alt, als ein Junge auf einem Fahrrad sie am Zopf packte und hinter sich her schleifte: «Stinkende Jüdin, geh nach Palästina.» Das war ihre erste Begegnung mit dem Antisemitismus. Sie hatte keine Angst. Sie wußte schon längst, daß sie sich nicht fürchten mußte, daß es jemanden gab, der über sie wachte. Kurz nachdem sie in die Anstalt gekommen war, hatte man sie um Kohlen geschickt. Die Kohlen lagerten in einem Keller, in einem abgelegenen Winkel der Anstalt. Sie rannte, weil sie sich fürchtete. Sie blickte zum Himmel auf und sah den Mond, der hinter ihr her rannte. Und als sie bemerkte, daß sie nicht alleine rannte, lief sie ein paar Meter zurück. Der Mond folgte ihr. Sie rannte hin und her, aber der Mond wich nicht von ihrer Seite. Wenn der Mond hinter ihr her läuft und auf sie aufpaßte, dann mußte sie sich vor niemandem fürchten. Die Erzieher bemerkten, daß sie keine Angst hatte, und schickten sie oft alleine etwas holen. Auch die Kinder riefen sie, wenn sie nachts auf die Toilette mußten oder in den Kohlen- oder Kartoffelkeller geschickt wurden.

Zuerst nahm man ihnen die Schule weg und quartierte dort Soldaten ein. Die Schule wurde in ein Gebäude verlegt, das in jüdischem Besitz war. Aus den Zimmern wurden Klassen; sie mußten sich eng zusammendrängen. In dieses Haus gingen sie drei Monate. Dann endete der freie Ausgang. Aus dem Waisenhaus machte man ein Ghetto. Die aufsichtführenden Lehrer verkündeten, daß sie gelbe Sterne aufnähen müßten, zu dritt oder zu viert in einem Bett zu schlafen hätten, und daß sie nicht mehr durch das Tor hinausgehen dürften. Man nahm ihnen das Lehrerzimmer und die Bibliothek weg. Man durfte nur mehr mit besonderer Erlaubnis auf die Toilette gehen, zum Badezimmer mußte man einen anderen Eingang nehmen. Das mächtige Tor der Anstalt wurde verriegelt.

Sie entdeckte einen Kornelkirschbaum. Seine Äste reichten bis auf den Hof des Heimes. Sie kletterte hinauf und sprang auf der anderen Seite der Mauer hinunter. Von hier kletterte sie mit Leichtigkeit über das kleine Tor und einen Zaun. Sie flüchtete zu ihrem Vater.

Im Heim lebte eine Tante, die Stiefmutter des Vaters, Tante Schnizer. Diese hatte ihre Mutter auf ewig verflucht. Bei ihr erkundigte sie sich, wie es dem Vater ginge. Sie wolle zu ihrem Vater. Die Tante sagte ihr, daß er in einem der drei Ghettos zu finden sei, die man in Szeged eingerichtet hatte.

Das Ghetto war nicht weit von der Synagoge in der Korona-Straße. Sie entdeckte ein Loch im Zaun. Sie guckte hinein. Ein Gendarm kam herbei und fragte sie, was sie suche. «Weißt du, was das für ein Haus ist? Hier wohnen Juden. Das ist ein Ghetto.» «Ein Ghetto?» Wenn sie versuchen würde, da rein zu gehen, würde er ihr so den Hintern versohlen, daß sie sechs Wochen nicht sitzen könnte. Und er ging davon. Sie kehrte um. Der Gendarm schnappte sie und versohlte ihr den Hintern. «Hier sind Juden, stinkende Juden, böse Menschen. Sie bringen die Christenkinder um, rühren ihr Blut in die Mazzes*, sie haben Jesus ans Kreuz geschlagen. Man darf nicht rein, weil man sich sonst ansteckt.» Sie wollte aber um jeden Preis hinein, weil sie wußte, daß ihr Vater dort war. Sie wartete, bis es dunkel wurde. In der Mauer fehlten ein paar Ziegel, da kroch sie durch.

Sie schaute in die Wohnungen, und überall fragte sie: «Kennen sie Géza Schnizer? Wo ist Géza Schnizer?» Alle Zimmer waren völlig überfüllt. In einem Zimmer fing jemand an zu schreien: «Géza Schnizer wird gesucht!» Ihr Vater saß auf einer Matratze inmitten einer Ansammlung von Leuten. Sie sagte zu ihm: «Ich will hier bei dir bleiben.» Er antwortete: «Du kannst nicht bleiben, hier ist es schlimmer als im Heim. Wir bekommen nichts zu essen, wir können uns nicht waschen, wir bekommen keine saubere Kleidung. Es ist besser, wenn du zurückgehst und nicht mehr herkommst.» «Dann komm mit mir.» «Das geht nicht.» »Warum nicht?» «Die Pfeilkreuzler lassen mich nicht. Aber wir werden ohnehin von hier weggebracht, und dann können wir vielleicht zusammen sein.»

Sie erzählte dem Vater, was sie von dem Gendarmen gehört hatte. Daß die Juden Jesus getötet hätten und das Blut von Christenkindern in das Pessachmahl* rührten. Ihr Vater brachte ihr ein Gedicht bei. Sie erinnert sich nur an einen Abschnitt, auch an den nicht genau: «Du gehst nach Osten, sie sagen: dein Vater trinkt Blut. Du gehst dorthin, wo man Blut trinkt. Sie sagen, zu glauben, daß dein Vater Blut trinke, wäre Sünde, zu lügen eine

Qual. Sag, ist's wahr Mütterchen, ist's wahr, was der Großvater einmal erzählt hat, daß Gott auf seinem Thron sitzt, ihm zu Füßen ein großer Pokal. Es ist wahr, daß einst der Messias kommt, ja, wenn der Pokal übervoll sein wird ...» Der Vater hatte ihr noch erklärt, daß außergewöhnlich schwere Zeiten über ihr Volk kämen, und daß sie einander vielleicht nicht mehr sehen würden. Er nahm sie zwischen seine Knie und ließ sie schwören, daß sie, egal was in ihrem Leben passieren würde, nie ihre Mutter verließe. Erst recht nicht im Alter. Daß sie ihr immer helfen würde und alles für sie täte, was ein Mensch für einen anderen tun könne. Egal, was später geschehe, sie solle ihr verzeihen. Er liebe die Mutter sehr und habe nie eine andere Frau gewollt, er hätte immer nur sie geliebt. Sie aber solle ein so schlagfertiges, goldiges Mädchen bleiben, so, wie sie jetzt sei, sich nicht verändern, gleich, wohin sie das Schicksal verschlüge.

Es war stockfinster geworden. Sie schlüpfte durch das Loch zurück. Glücklicherweise traf sie nicht wieder auf den Gendarmen.

Die Mutter war in ein anderes Ghetto gekommen. Das hörte sie von Neuankömmlingen in der Anstalt. Das Ghetto war in der Nähe des Marschplatzes eingerichtet worden. Der Platz hieß so, weil auf ihm die Soldaten marschierten. Sie traf ihre Mutter mit einer Frau und einem weißen Spitz. Die Frau hieß Tante Erzsi, mit dem Hund konnte man gut spielen. Mit der Mutter ließ sich kein ernstes Wort wechseln, das wußte sie genau. Sie wollte nur sehen, ob sie etwas brauchte. Falls ja, dann hätte sie den ehemaligen Liebhaber ihrer Mutter, Onkel Bánfy, aufgesucht, der sich auf einen Bauernhof in der Nähe von Szeged zurückgezogen hatte. Er hatte mit ihr in der Kismartoni-Straße 16, etwa zwei Kilometer vom Heim entfernt, gelebt. Aber Onkel Bánfy hatte noch eine Geliebte, Boriska, in der Vasas-Szent-Péter-Straße. Einmal hatte der Ischias die Mutter fast gelähmt. Sie konnte nicht alleine vom Bett aufstehen. Sie schickte nach ihr. Sie legte ihr warme Ziegelsteine auf den Rücken und unter die Knie. Sie brachte das Mittagessen. Als die Soldaten einmarschierten, sorgte der Onkel Miksa Weisz für die Mutter, ein Jude, aber nicht ledig. Die Mutter litt an nichts Not. Sie lag den ganzen Tag auf dem Diwan und las.

Es vergingen etwa zwei Monate, dann wurden alle in die Ziegelfabrik von Szeged gebracht, das ganze Waisenhaus, Lehrer und Kinder. Bevor sie hinauszogen, bekam jedes Kind einen Rucksack. Sie wurden ermahnt, gut darauf achtzugeben, weil das ihr ganzer Besitz sei: zwei Decken, ein Kissenbezug, Unterwäsche, zwei Kleider und ein Paar Strümpfe, nichts zu essen. Die älteren Jungen brachen die Speisekammer auf. Sie waren entsetzt, weil sie auf eine Menge von Leckerbissen stießen, von denen sie nie etwas abbekommen hatten. Gänseschmalz in Zwanzig-Liter-Fässern, geräuchertes Gänsefleisch, lange Würste, Honig, Marmelade. Sie verteilten untereinander so viel wie möglich, und was sie nicht mitnehmen konnten, zerschlugen sie oder bestreuten es mit Sägespänen.

Die Ziegelei war nicht mehr in Betrieb. Man trieb sie in die offenen Schuppen, die zum Trocknen der gebrannten Ziegel gedient hatten. Alle mußten ihr ganzes Gold und die Wertsachen den Gendarmen geben. Das betraf die Heimkinder nicht. Die Lehrer sagten, sie seien ab jetzt für sich selbst verantwortlich. Jeder sein eigener Herr. Sie sollten versuchen zusammenzuhalten. Bald würde man sie in einen Zug setzen, mit unbekanntem Ziel. Jeden Morgen um acht reihten sich die elftausend Bewohner des Lagers auf einem Platz, wo Namenslisten verlesen wurden. Wenn der Name verlesen wurde, mußte man sein Bündel nehmen, hinausgehen bis zur Schranke und in den Zug steigen. Niemand wußte, wohin die Züge fuhren. Sie war neun Jahre alt.

Das Essen kochten sie in großen Kesseln, meistens Kartoffeln mit Eiergraupen oder nur gekochte Kartoffeln. Nach dem Appell konnte man spielen oder Bekannte suchen. Der Bruder fand ihre Mutter. Da verließen sie die anderen Kinder und schlossen sich der Mutter an. «Wenn die Zores schon so groß sind, sollten wir zusammen bleiben.» Das bedurfte nicht vieler Worte oder Erklärungen. Sie schliefen in den offenen Schuppen, es war Sommer, sie froren nicht. Tagsüber streiften sie herum, spielten Fangen und Verstecken mit den anderen Kindern. Sie suchte die Spur ihres Vaters. Von einem älteren Bekannten erfuhr sie, daß man ihn zu einem anderen Sammelpunkt gebracht hatte. Mit Glück, und wenn Gott es so wollte, würden sie einander irgendwo wiedersehen.

Frau Reiner, die Erzieherin, blieb mit zwölf Waisenhausmädchen zusammen. Sie kamen auch nach Wien, nicht in die Waffenfabrik wie sie, sondern in eine Lackfabrik. Herr Direktor Székely und seine Familie versteckten sich mit gefälschten Papieren in Budapest.

Sie verbrachten zweieinhalb Wochen in der Ziegelei, in der Vorstadt von Szeged. Sie mußten eine gute Dreiviertelstunde zu Fuß am Damm entlang gehen, als die Männer mit den Hahnenfedern sie zum Bahnhof trieben. Sie gingen langsam. Rechts und links, in einem Abstand von zehn Metern gingen Gendarmen, die kein einziges Wort mit ihnen sprachen. Auf dem Bahnhof sah sie zum ersten Mal fremde Soldaten. Sie trugen graue Uniformen und runde Schirmmützen. «Deutsche», sagten die Erwachsenen. Die Waggons hatten Schiebetüren, und auf jeder von ihnen stand mit großen Buchstaben: MÁV*. Die Männer gingen voran, nahmen allen die Pakete ab und stapelten sie ringsherum im Waggon auf, dann setzen sie sich auf sie. Es waren etwa achtzig Menschen in einem Waggon. Es gab nur ein Fenster, und das war vergittert. Die Waggons wurden von außen abgeschlossen.

Drei Tage lang wurde die Tür nicht geöffnet. Ihre Notdurft verrichteten sie in die mitgebrachten Töpfe und schütteten die Exkremente dann durch die Gitterstäbe des Fensters. Es wurde nicht viel gesprochen, alle waren in sich versunken. Zwischendurch aber schrien und stritten sie. Sie büßten dann alle ihre menschlichen Züge ein. Sagten einander häßliche Dinge und stießen einander herum. Sie töteten einander fast wegen Platzmangel. Wenn jemand die Beine ausstreckte, wenn er den anderen berührte, schrien sie: «Luft! Luft!», daß ihnen der Bauch weh täte, daß einer pinkeln müßte, daß es stinke. Die Mutter hatte trockenes Brot und roten Paprika, das aßen sie, solange der Vorrat reichte.

Am Morgen des dritten Tages hielt der Zug an, die Schiebetüren wurden aufgezogen. Da sahen sie zum ersten Mal die Toten und die Verrücktgewordenen. Sie fragte ihren Bruder: «Warum rühren die sich nicht?» Er antwortete, es seien Tote. Sie ging hin zu einem, weil sie sehen wollte, wie der Tod ist, wie der Mensch aussieht, wenn man von ihm nicht mehr sagen kann, daß er lebe. Der Bruder folgte ihr, denn er wollte nicht, daß sie die runtergefallenen Kinnladen und die verzerrten Gesichter sah.

Der Zug hatte auf einer Wiese gehalten. Sie konnten pinkeln, es gab auch einen Brunnen, man konnte Wasser holen. Es bildete sich eine lange Schlange, alle versuchten, sich zu reinigen und die Kleider zu wechseln. Zum ersten Mal in ihrem Leben sah sie nackte Menschen. Ihr Bruder bedeckte ihre Augen mit einem Hemd.

Hier wurden sie schon von den Grauuniformierten bewacht. Sie verstand ihre Sprache nicht, manch anderer schon, diese fingen mit ihnen ein Gespräch an. Sie waren nicht grob. Wer es geschafft hatte, Schmuck zu verstecken, tauschte ihn gegen Brot ein. Nach drei oder vier Stunden trieb man sie zurück in die Waggons. Noch anderthalb Tage ruckelte der Zug vor und zurück, meist stand er. Wieder öffneten sich die Waggontüren. Die Erwachsenen sagten, daß sie in Hegyeshalom angekommen seien. Sie fingen an zu weinen und zu jammern, weil man sie jetzt nach Deutschland bringen würde. Es gab mehrere Bahnsteige nebeneinander. In der Ferne sah man die Türme einer Stadt oder eines Dorfes. Um die Waggons wimmelte es von deutschen Soldaten. Um die Bahnsteige sauber zu halten, durfte man sich weder hinsetzen noch seine Notdurft verrichten. Sie sahen einen jungen Mann, um die dreißig Jahre alt, in einem braunen Anzug, braunem Hut und Trenchcoat. Dieser Mann sprach mit den deutschen Offizieren. Von irgendwoher waren Zivilisten aufgetaucht, sie reinigten die Waggons. Das dauerte etwa anderthalb Stunden. Man trieb sie in die nun gereinigten Waggons zurück. Man hatte sogar den Boden mit Stroh ausgestreut. Ihre Pakete türmten sich bis zur Decke, und Lattenkreuze sollten verhindern, daß sie herumfielen. Man konnte sich ins Stroh setzen. Und es ging weiter.

Die Fahrt dauerte noch neun Stunden. Sie endete in Wien. Zu Fuß mußten sie die ganze Stadt durchqueren. Sie kamen an einem großen Jahrmarkt vorbei. Da sahen sie zum ersten Mal ein Riesenrad, ein Karussell und im Kreis galoppierende Holzpferde. Die Menschen, die sich dort vergnügten, blieben stehen und betrachteten sie. Manche sagten in gebrochenem Ungarisch: «Da bringen sie die Juden». Die Aufschriften an den Geschäften waren in seltsamen Buchstaben geschrieben, sie konnten keinen einzigen lesen.

Sie kamen zu einer großen Fabrik. Dort bekamen sie Reisfleisch in Pappbechern. Die Erwachsenen sprachen davon, daß ein schwedischer Aristokrat den ganzen Zug aufgekauft habe, deshalb seien sie hierher geschickt worden, sonst hätte sie ein viel schlimmeres Schicksal erwartet. Jeden Morgen bekamen sie Tee und eine Scheibe Brot. Zum Mittagessen Kartoffeln oder Reis, dazu Würstchen, angeblich aus Pferdefleisch, aber alle aßen sie. Graugekleidete Rotkreuzfrauen kamen. Alles an ihnen war grau: ihre Kleidung, ihre Häubchen, ihre Augen. Nur auf ihren grauen Häubchen prangte ein rotes Kreuz. Sie desinfizierten, sprühten jedem etwas auf die Kleidung. Die Kinder wurden gestreichelt. Sie schliefen auf Pritschen und im Stroh. Drei Tage hielten sie sich hier auf.

Wieder kamen die deutschen Soldaten und gaben Befehl, die Sachen einzusammeln. Sie brachten sie in eine Fabriksstadt und quartierten sie in großen Fabrikshallen ein. Drei- oder vierhundert Leute in einen Saal, in dreistöckigen Betten mit Strohsäcken. Die Familien suchten sich alle einen Platz aus. Sie sagte zu ihrem Bruder: «Der Vater muß hier sein; wir müssen ihn suchen». Er antwortete, daß er Angst habe, die Mutter alleine zu lassen. Sie nahm ihren Rucksack und lief solange durch die Menschenmenge, bis sie tatsächlich ihren Vater gefunden hatte. Er sprach gerade mit Onkel Spilmann und Onkel Iván. Sie bat ihn, sich ihnen anzuschließen. Er ging mit ihr. Sie hatte ihre Mutter nie nett mit ihrem Vater sprechen hören. Sie hatte über ihn immer nur garstige Dinge gesagt: «Wenn er sich nur das Genick bricht, verrecken soll er, was will er von mir». Nicht, daß sie zu den Kindern nett gewesen wäre: «Gib das her, leg das dahin, bring's her, halt's fest!» Das war alles.

Zur Mutter sagte sie, alle Familien seien zusammen. Wenigstens jetzt sollten auch sie zusammen sein. Wenn sie dem nicht zustimme, ginge sie mit dem Vater weg. Jemand fuhr die Mutter an: «Daß Sie sich nicht schämen, in dem Ungemach noch das Mädchen zu quälen. Daß Sie auch jetzt nur im Sinn haben, ihrem Mann Schmerzen zuzufügen, anstatt zusammenzuhalten!» Es blieb ihr keine Wahl: sie stimmte zu. So war die Familie zum ersten und zum letzten Mal vereint.

Die Deutschen kamen mit einem Dolmetscher namens Elek Weiszfeld. Er kam wie viele, denen sie begegnete, aus Debrecen. Er ordnete an, daß sie sich nach dem Alter aufzustellen hätten. Denn die Arbeit werde nach dem Alter eingeteilt. Ab zwölf Jahren müsse man täglich zwölf Stunden arbeiten. Sonntags nur von sechs Uhr morgens bis nachmittags um zwei. Man dürfe nichts auf das Fabriksgelände bringen oder von dort mitnehmen. Wer seine Arbeit ordentlich verrichte, dem werde kein Leid geschehen. Die Aufgabe der Unter-zwölf-Jährigen werde die Reinigung der Maschinen und das Aufsammeln der Abfälle sein. Sie würden an der neuen, vierläufigen Tiger-Kanone arbeiten, die, auf Raupenketten montiert, die Flugzeuge der Alliierten abschießen werde. Wer von den Unter-zehn-Jährigen arbeitsfähig sei, werde individuell beurteilt. Auf die Kinder unter fünf würden ältere Frauen aufpassen.

Zuerst hatte sie die Aufgabe, die Toiletten zu putzen. Am Ende jedes Wohnsaals kam man in ein Treppenhaus, wo sich vierzehn Toilettenschüsseln befanden. Sie legten Zeiten für Frauen und Männer fest. Langsam kam der Herbst und es wurde kalt. Die Deutschen gestatteten ihnen, in der Fabrik kleine Öfen zu bauen, die Ofenrohre steckten sie zum Fenster hinaus. Auf zehn Kanonen kam ein Ofen. Zum Waschen kochten sie Wasser in einem großen Kessel. Sie bekam die Aufgabe, zu kontrollieren, ob derjenige, der kochendes Wasser holte, genauso viel kaltes im Eimer mitgebracht hatte. Ihr Vater arbeitete als Gießer, ihre Mutter an einer Bohrmaschine, ihr Bruder fertigte kleinere Ersatzteile. Jede Woche kamen die Rotkreuzschwestern. Jeder bekam ein Stück Seife, die Kinder einen Eßlöffel Marmelade und einen Butterwürfel. Die Tage begannen mit einem Stück Brot, Mittagessen bekamen sie um eins. Die Deutschen achteten sehr auf Sauberkeit, mehrmals am Tag mußten sie sich neben den Betten aufstellen. Es gab auch ein Krankenzimmer, da tat ein Arzt namens Geszti Dienst. Zwei Kinder kamen dort zur Welt, sie hörten das Schreien, dann das Weinen der Neugeborenen. Die Deutschen wollten nicht, daß die Frauen ihre Tage bekämen und daß sie noch mehr Kinder zur Welt brächten. Es war ein Rätsel, als allen Frauen auf einmal die Tage ausblieben. Später, erst in Preßburg*, kam die Ursache ans Licht. Beim Roten Kreuz fragte man die Frauen aus. Viele hatten einen Mann, und sie wurden weder schwanger noch bekamen sie ihre Tage. Etwas war in ihr Essen getan worden. Sie konnten nie mehr Kinder bekommen. Auch sie nicht. Die Deutschen gaben ihnen Seife. Weiszfeld sagte, sie nähmen sie aus Kisten mit der Aufschrift: Jüdische Seife. Das Gerücht ging um, daß sie aus den Körpern toter Juden gemacht worden sei. Sie legten sie zurück und benutzten sie nicht.

Es wurde ihnen kein außergewöhnliches Leid zugefügt. Sie wusch für die ganze Familie, und als die anderen sahen, wie tüchtig sie war, gaben Onkel Spilmann und Onkel Iván ihr die Kleider zum Waschen, und dann auch der Herr Oberst, der ein hohes Tier in der ungarischen Armee gewesen war, den man aber, weil er Jude war, entlassen hatte. Sie verdiente damit ein paar Scheiben Brot. Aus der Küche stahl sie Kartoffelschalen, manchmal fand sie sogar ganze Kartoffeln. Langsam blieb etwas von der deutschen Sprache hängen, und so bekam sie mehrfach mit, wann die Kartoffeln geliefert wurden. Die Soldaten umstellten sie mit einem Gewehrkordon, weil außer ihnen dort auch russische und griechische Gefangene arbeiteten, die immer sehr hungrig waren, und man befürchtete, daß sie den Transport stürmen würden. Das kleine Mädchen mit dem Zopf schaffte es manchmal, unter den Stiefeln hindurchzuschlüpfen.

In zerlumpten Kleidern, mit bloßen Händen schoben die russischen Gefangenen die Waggons. Der Vater wollte mit ihnen in Kontakt kommen, weil er aus dem vorangegangenen Krieg ein wenig Russisch konnte. «Das sind Russen, die gegen die Deutschen kämpfen. Nicht nur Schicksalsgefährten. Vielleicht werden sie uns befreien.» Er sprach viel über die menschliche Natur. Und daß er stolz darauf sei, daß sie für ihren Vater und seine Freunde wasche. Gott helfe ihr. Sie werde nie ein verlorener Mensch sein. Sie werde oft denken, daß sie stürze, aber es werde sie immer jemand halten. Das solle sie sich gut einprägen. Als die Lauge ihre Hände zerfressen hatte, sagte der Vater: «Schließe die Augen und denke dir, daß die Hände gesund sind, nicht brennen, nicht weh tun.» Der Vater bekam schwer Luft. Er hatte Asthma. Sie sammelte Kräuter auf dem Hof, kochte sie auf und rieb damit seine Brust ein. Das linderte seine Anfälle etwas. Die Mutter weigerte sich, am Morgen seinen Topf rauszubringen, auch das war ihre Sache. Die

Mutter war nur mit sich selbst beschäftigt. Sie kam von der Arbeit und legte sich hin. Sie mußte das Bett mit Decken verhängen, damit es dunkel war, wenn sie von der Nachtschicht kam. Sie hielt sich von ihrem Vater fern. Die Mutter schlief oben mit ihrem Bruder, sie mit ihrem Vater unten. Jeden Abend veranstalteten Jugendliche in einer Ecke des Saales eine Zusammenkunft. Sie sagten Gedichte auf und studierten Kabarettwitze ein. Der Vater sagte, sie hätten niedriges Niveau. Und so lachte sie nicht mit ihnen.

Die Mutter wurde sehr krank. Sie hatte sich erkältet und einen Stirnhöhlenkatarrh bekommen. Der ganze Körper brannte vor Hitze. Der Arzt untersuchte sie und sagte, es sei hoffnungslos. Es gab keine Arznei. Sie brachte sie trotzdem ins Krankenzimmer. Es war Winter. Sie rannte auf den Hof, tauchte zwei Laken in den Schnee und darin wickelte sie die Mutter ein. Sie drehte zwei Plaids als Hülle zusammen und legte noch einen heißen Lappen auf die Stirn der Kranken. Drei Tage darauf kam Doktor Geszti zu ihr und verkündete, daß es ihrer Mutter besser gehe. Ein Wunder Gottes. Er beugte sich nieder, küßte ihre Stirn und sagte: «Diese Heilmethode ist mir nicht eingefallen. Du bist ein Engelchen.» Die Mutter ging bald wieder arbeiten.

Man hörte immer häufiger Sirenen und Bomben. Als Wien bombardiert wurde, brachte man die Juden zum Trümmerräumen. Den Bruder nahmen sie auch mit. Oft fanden sie unter den Trümmern auch Lebensmittel. Einmal, als sie in Reih und Glied gingen, zog jemand ihren Bruder in eine Toreinfahrt, wickelte ihm einen Schal um den Hals und drückte ihm ein Stück Brot in die Hand.

Die Küche und das Lager neben ihrer Baracke wurden von einer Bombe getroffen. Der Ort der Verwüstung blieb einige Stunden unbewacht. Etwa dreihundert Gefangene, Russen, Juden und Griechen scharrten mit bloßen Händen in den Trümmern nach Lebensmitteln. Sie fanden auch Stücke von Gemüse, sogar einige verendete Schweine. Sie zerteilten sie schnell. Auch sie suchte dort und fand geschmolzenen Zucker. Bald hörte man durch die Lautsprecher: «Augenblicklich alle Lebensmittel zurückgeben, wer etwas behält, bekommt einen Kopfschuß.» Die Arbeit in der Fabrik wurde eingestellt. Viele starben. Die Überlebenden wurden in einen Zug geladen und nach Straßhof gebracht, ungefähr hundert Kilometer von Wien entfernt. Dort mußten sie nicht arbeiten. Die Aufseher waren Polen. Sie bekamen kaum etwas zu essen, und wenn, dann eine stinkende Brühe, die sie Dörrgemüse nannten. Wer bei Kräften blieb, ging von Baracke zu Baracke. Die meisten lagen verlaust herum.

Sie und ihr Bruder schlichen sich hinaus, Dickwurz stehlen. Bei einer solchen Gelegenheit pfiff ein Geschoß über ihre Köpfe. Glücklicherweise war ihr Bruder über ein Eisenstück gestolpert, und sie war auf ihn gefallen. Das war der erste Schuß. Drei Tage dauerte der Kampf, hundert Meter vom Lager entfernt. Die Gefangenen sahen durch den Zaun zu. Dann kamen aufs Neue Uniformierte ins Lager. «Russen», sagten die Erwachsenen. Die meisten trugen eine runde Fellmütze mit einem roten Stern darauf. «Ihr seid frei», sagten sie «ihr könnt gehen, wohin ihr wollt.» Viele rafften sich auf, schnürten sich auf den Rücken, was von ihren Sachen übrig war. Sie entdeckten, daß in der Nähe des Lagers ein vollbeladener Zug stand. Er war auf dem Weg an die

Front gewesen, aber die Schienen waren gesprengt worden und ragten in den Himmel. Schnaps, Stiefel und Marmelade waren darin. Die Menschen stürmten die Waggons. Die Russen kamen und fingen an zu schießen. Sie sollten die Finger von Stiefeln und Schnaps lassen. Nur die Marmelade könnten sie haben. Sie fanden außerdem noch Zucker und Sojabohnen. Die Menschen zerrten an der Beute, drängten, schlugen sich, fluchten, traten einander. Jeder nahm, was er packen konnte, in Töpfen oder mit bloßen Händen.

Die Marmelade war in gewaltigen Fässern. Sie rissen die Deckel auf. Jeder wollte daraus schöpfen. Sie hätte das auch gerne getan. Und als sie sich am Rand hochzog, fiel sie in dem großen Gedränge direkt in die Marmelade. Ihr Bruder schrie um Hilfe. Er packte sie am Zopf. Die anderen schöpften und füllten Marmelade ab, anstatt sie rauszuziehen, drückte man sie nur noch weiter runter. Schon waren Mund und Ohren voll. Der Bruder schrie, seine Schwester, seine Schwester ersticke! Ein paar kamen zur Besinnung und zerrten sie aus der Marmelade. Sie konnte schon nicht mehr atmen. Der Bruder leckte ihr die Marmelade aus Augen und Mund, damit sie Luft schnappen konnte. Es brannte sehr. Dann steckte er sie in den Schnee, damit sie sich waschen konnte. Seitdem mag sie keine Marmelade mehr. Sie kocht zwar jedes Jahr welche ein, aber für kein Geld der Welt würde sie davon kosten, sie ekelt sich davor.

Die Russen tauchten wieder auf, unter dem Vorwand, daß sie Frauen und Mädchen zum Kartoffelschälen brauchten. Die kamen weinend zurück, man hatte sie vergewaltigt.

Der Bruder verließ das Lager und besorgte einen kleinen Handwagen. Darauf packten sie ihre Habseligkeiten. Der Bruder beschloß, daß sie sofort aufbrechen müßten. Ihr Vater wollte nicht mitkommen. Er war zu müde, um sich auf den Weg zu machen. Er sagte, sie würden sich in drei Wochen wiedertreffen. Er warte den Zug ab.

Mit ihrer Mutter machten sie sich zu dritt auf den Weg. Nach einer Weile sagte der Bruder, daß die Mutter müde sei, sie solle sich in den Wagen setzen. Zu zweit zogen und schoben sie ihn. Sie zogen auf breiten Landstraßen mit vielen Schicksalsgenossen zusammen. Die Kämpfe und Schießereien hatten noch kein Ende genommen. Es kam vor, daß sie in die Frontlinien gerieten. Sie versteckten sich im Gebüsch. Die russischen Soldaten folgten ihnen und brachten die Mutter fort. Ihr Bruder schrie und biß. Er bekam eine kräftige Ohrfeige. Die Russen sagten den Frauen – denn nicht nur ihre Mutter wurde weggebracht –, daß keiner ein Leid geschehen würde, vorausgesetzt sie wehrten sich nicht. Wer es nicht mit sich geschehen ließ, wurde geschlagen, dann von zwei Soldaten niedergedrückt, während ein Dritter sie mißbrauchte.

So was sah sie auch später noch. Sie flohen mit Hunderten von Schicksalsgenossen in eine Scheune, alles Straßhofer, Frauen, Männer, Kinder. Die Erwachsenen sagten, sie sollten sich in diese Scheune zurückziehen, weil sie in die Schußlinie geraten waren. Am Morgen sollte man schauen, ob sich die Lage bereinigt hätte, und ob man weiter gehen könnte. Sie rannten, weil schon einige von Kugeln getroffen worden waren. Die russischen Soldaten folgten ihnen in die Scheune. Sie schnappten sich die Mädchen. Damit sich die übrigen raushielten, richteten sie die Waffen auf sie. Sie mußten die Unterhosen ausziehen und den Rock hochheben, man warf sie zu Boden. Die Mutter hätte, auch wenn sie gewollt hätte, keinen Widerstand leisten können. Sie tat gut daran, sich nicht zu wehren. Man konnte ihr keinen Vorwurf machen. Der Bruder verdeckte ihr Gesicht. Die Mutter erhob sich, zog sich an und legte sich wieder zu ihnen.

Sie hatte sich schon früher vor der Mutter geekelt, aber von dieser Minute an erst recht. Sie betrachtete sie als unrein. Und auch die Sache selbst verging ihr damals. Die Frauen weinten, jammerten. Ein Mädchen aus Chust* konnte russisch sprechen und blieb verschont. Unterwegs traf sie zwei Mädchen aus dem Waisenhaus. Sie waren dreizehn und vierzehn Jahre alt. Auch sie waren vergewaltigt worden. Die eine war verrückt geworden, die andere war vom Schock stumm. In Preßburg wurden die beiden dem Roten Kreuz übergeben.

Die russischen Soldaten schliefen gruppenweise im Gebüsch am Wegesrand. Immer wieder griffen sie die Frauen an. Die Kinder nahmen ihre Mutter bei der Hand. Der Bruder ging in die Häuser, um Lebensmittel zu besorgen. Sie sahen krepierte Pferde und blau verfärbte Soldaten. Einmal gelang es ihnen, ein Huhn zu fangen. In einem menschenleeren Bauernhaus köpfte die Mutter das Huhn und kochte es. Dort sammelten sie alles mögliche auf. Einen Kamm, eine Schere und eine Art Pelzmantel. Viele starben auf dem Weg nach Preßburg, weil sie auf der Landstraße mehrmals unter Beschuß gerieten. Am Stadtrand warteten das Rote Kreuz und die Leute von der UNRA*. Sie hielten sie an und teilten ihnen mit, wo sie Unterkunft und Lebensmittel bekämen, und wo man sie befragen würde. Der Krieg sei aus, jeder könne nach Hause gehen.

Sie blieben ein paar Tage in Preßburg. Eines Tages sollten sie um halb sieben auf dem Bahnhof sein, weil es einen Zug nach Budapest gäbe. Viehwaggons, und wiederum reisten Juden in ihnen. Aber diesmal wurden sie nicht zusammengepfercht. Man konnte sitzen oder sich ausstrecken. In Budapest brachte man sie in einer jüdischen Handelsschule unter. Man gab ihnen zu essen. Die Menschen kamen aus den Lagern. Sie erzählten, sie weinten. Die Mutter tauschte den Zucker und die Konserven, die sie bekommen hatte, gegen Geld ein und kaufte davon eine Zugfahrkarte. So machten es noch einige Leute aus Szeged. Es war ein richtiger Zug, mit Sitzen in den Coupés. Aber man konnte dann doch nicht sitzen, weil der Zug mit Menschen und Bündeln vollgestopft war. Eine Frau aus Klausenburg* reiste mit ihnen. Sie erzählte, daß sie während der ganzen Deportation nicht geweint habe, erst jetzt, hier in Budapest. Eine wunderbare Stadt so zu bombardieren und zu einer Trümmerwüste zu machen! Ob man das jemals wieder aufbauen könne? Sie kamen am Rochusbahnhof in der Vorstadt von Szeged an. Sie gingen zu Fuß in die Stadt. Hinter ihnen flüsterten die Menschen einander zu: «Die Juden sind wieder gekommen.» «Heimgekehrt sind sie, und man muß die Wohnungen, Häuser und alles andere zurückgeben.»

Die Mutter brachte sie in ihre Wohnung. Onkel Bánfy hatte da eine Tante Lidi reingesetzt. Als sie ankamen, sagte die Hausmeisterin dieser, daß sie gehen müsse, weil die alten Mieter zurückgekommen seien. Sie fanden alle Möbel und Sachen vollzählig vor. Die Hausmeisterin war eine sehr gute Frau. Sie umarmte die Mutter und tätschelte ihnen den Kopf. Sie lief in den Gemüsegarten hinaus und brachte Rettich, Zwiebeln und Brot. Für die Mutter wärmte sie Tee auf.

Am nächsten Tag ging sie zurück ins Waisenhaus. Sie wollte wissen, wer zurückgekehrt war. Was war mit den anderen Kindern geschehen? Mit ihrer besten Freundin Évi? Sie fand niemanden vor. Das Tor war verschlossen. Der Kaufmann gegenüber der Anstalt war der gleiche wie vor dem Krieg. Sie fragte ihn, wo die Anstaltskinder seien. Er sagte, in dem Gebäude sei niemand. Man habe es verschlossen. Er riet ihr, hinüber in die kleine Synagoge zu gehen, dort wisse man vielleicht mehr. Sie ging hin und fragte, ob jemand von den Waisenhauskindern zurückgekommen sei. Ob sie etwas von ihrem Vater wüßten. Onkel Eisinger, der Schammes*, sagte, daß er ihren Vater noch nicht gesehen habe und daß die Waisenhauskinder noch nicht gekommen seien. Sie solle aber unbedingt zu Dr. Zimmermann gehen. Dr. Zimmermann saß gegenüber der Kirche im Gemeindeamt. Er untersuchte sie und fand bei ihr alles in Ordnung. Er fragte, ob sie zu ihrer Mutter gehen wolle oder lieber nach Új-Szeged, wo gerade ein zionistisches Kinderheim gegründet würde.

Sie hatte bisher noch nichts vom Zionismus gehört. Von Palästina schon. Tante Janka, bei der sie gewesen war, bevor sie in die Anstalt gekommen war, hatte jeden Monat einen Brief aus Tel Aviv erhalten, wo ihr Sohn Sándor Genárt lebte. Als sie später nach Israel kam, suchte sie ihn, um ihm mitzuteilen, daß von seiner Familie niemand zurückgekommen sei.

Sie sagte Dr. Zimmermann, daß sie zu den Zionisten gehen wolle. Dann solle sie morgen früh um acht kommen, er würde sie nach Új-Szeged begleiten. Der Mutter sagte sie, daß ein neues Kinderheim eröffnet werde, und sie dort hingehen wolle. Der Bruder blieb bei der Mutter.

Das Heim war früher ein Lungensanatorium gewesen. Die zionistische Makabi-Hanoar-Bewegung hatte es übernommen. Am nächsten Tag ging sie noch einmal zu Fuß über die Brücke zur Mutter. Sie erzählte dem Bruder, daß es dort sehr gut sei. Es gäbe Badezimmer und zu essen. Jungen und Mädchen seien dort, es wäre schön, wenn er mitkäme. Er stimmte zu, und die Mutter blieb alleine. Im Kinderheim wurden sie zuerst gewaschen, dann bekamen sie neue Kleider. Ihr Bruder wurde einer Gruppe von Jungen seines Alters zugeteilt, sie kam zu den kleinen Mädchen.

Im Heim trafen sie die Madrichim* von der Bricha* aus Preßburg wieder. Binjamin Roth, Lea Blitz, Hanna und Ezra Galambos betreuten die jeden Tag wachsende Schar von Kindern, deren Zahl schließlich hundertfünfzig überstieg. Sie brachten ihnen zionistische Gesänge bei. Der Tag begann mit der Hodaa*, sie hißten die blau-weiße Flagge und sangen die Hatikwa*, auf hebräisch und ungarisch. Sie standen um sieben Uhr morgens auf, wuschen sich, frühstückten und lernten bis zum Mittagessen.

Rechnen, Erdkunde, Bibel, Zionismus, Landwirtschaft. Und Hebräisch! Bis vier Uhr mußten sie auf den Zimmern bleiben: sie konnten sich ausruhen oder lesen. Danach spielten sie im Freien, Räuber und Gendarm oder Schnitzeljagd. Um sieben Uhr gab es Abendessen. Zähne putzen, Hinlegen. Als sie ungefähr fünf Monate im Heim waren, begann man in der Schneiderei in großer Eile alle möglichen Kleider zu nähen. Man sagte, daß sie nun auf die Alija* vorbereitet würden, aber darüber dürfe man mit niemandem sprechen.

Der Bruder besuchte die Mutter, sie suchte den Vater. In den fünf Monaten ging sie nur zwei- oder dreimal nach Szeged. Einmal sagte der Wirt Szűcs, daß ihr Vater zurückgekommen sei. Sie solle sagen, wann sie wieder kommen könne, dann werde der Vater da sein. Bei ihrem nächsten Ausgang trafen sie einander. Er sah sehr schlecht aus, war schrecklich abgemagert. Sie fragte, wie er hergekommen sei. Er antwortete: auf Militärautos, weil er die Fußmärsche nicht durchgestanden hätte. Er war alt, damals vielleicht zweiundsechzig oder dreiundsechzig. Sein Asthma war wieder ausgebrochen, trotzdem rauchte er. Sie bettelte, er solle zu ihnen nach Új-Szeged kommen, sich anschauen, wo sie seien. Und er solle mit den Madrichim sprechen, ob er sich ihnen anschließen könne. Er wollte nicht. Er nahm die gleiche Arbeit wieder auf, die er auch früher gemacht hatte. Er schrieb für die Bauern Gesuche. Alle forderten alles mögliche zurück, und so hatte er viel Arbeit.

Eines schönen Freitagabends – die Kerzen brannten im Speisesaal, sie sangen Sabbatlieder und machten das Kiddusch – wurde angekündigt, daß sie bald aufbrechen würden, aber das durften sie nicht einmal ihren Eltern erzählen. Der Bruder ging zur Mutter.

Sie weiß nicht, ob er es ihr erzählt hat oder nicht. Eines Abends nahm er sie zur Seite und sagte ihr, daß die großen Jungen am nächsten Tag um vier Uhr früh aufbrechen würden. Sie stiegen auf einen großen Lastwagen, und man fuhr sie davon. Später bekam sie einen Brief von ihm. Er schrieb, daß sie hungerten. Sie solle versuchen, ihnen Zwiebel zu schicken. Sie ging zur Mutter, die sich ihren Stand wiederbeschafft hatte. Sie hatte sich wieder aufgerafft und verkaufte an einem drei Meter langen Ladentisch. Der Vater paßte auf, daß sie nicht beklaut wurde. Es sah so aus, als kämen sie wieder zusammen. Dann gab es wieder Krach, die Mutter war wieder mit einem Mann ins Bett gegangen, und der Vater machte einen großen Bogen um sie. Sie ging nicht zu ihm zurück, weil sie nie zur Ruhe kam. Sie zeigte ihr den Brief ihres Bruders, er hatte der Mutter nämlich nicht geschrieben, daß er Hunger leide, vielleicht, um sie nicht zu betrüben. Sie vertraute den Stand Frau Farkas an, der Christin, bei der sie wohnte, und reiste nach Pest. Schon bald schrieb der Bruder, er hätte Entenbraten bekommen.

Eines Abends, nach dem Essen, gab Binjamin Roth, der oberste Madrich, Anweisung, früh ins Bett zu gehen: in Kleidern, weil sie in der Nacht geweckt würden. Mitten in der Nacht holte sie ein Lastwagen ab. Irgendwo stiegen sie in einen Zug. Am nächsten Tag landeten sie in Pest in einem jüdischen Gymnasium, wo sie ihren Bruder wieder traf. Dort blieben sie drei Wochen.

Von ihrer Mutter hatte sie sich nicht verabschiedet. Die letzte Erinnerung an den Vater war, wie sie ihn im ungarischen Salon der Gastwirtschaft Szűcs angefleht hatten: «Komm mit uns.» «Später», antwortete er, jetzt sei er krank. Sie seien jung. Das Leben liege vor ihnen, und er wolle ihnen unterwegs nicht zur Last fallen. Aber am Ende des Weges würden sie einander sicher treffen. Sie weinte. Sie sah ihn nie wieder.

In Pullmanwaggons fuhren sie zurück nach Deutschland. An der Grenze hielten sie. Man sagte, sie dürften nicht sprechen und nicht an die Fenster gehen. Sie sollten Ruhe bewahren. Auf jedem Sitz durften nur zwei Kinder sitzen, das dritte und vierte mußte sich unter den Sitzen verstecken. Die beiden Kinder auf dem Sitz verdeckten die Kinder, die unter der Bank kauerten, mit einer Decke. Die Grenzer waren bestochen worden. Sie ließen den Zug passieren. So schlüpften sie zuerst durch die russische, dann durch die amerikanische Zone. München war zerbombt. Kein Haus war unversehrt, man sprach von einem Bombenteppich.

Von München brachte man sie nach Leipheim. In der Nähe der kleinen Stadt lag ein Flugplatz, neben dem sich eine Luftwaffenkaserne befand. Polnische, deutsche und ungarische Juden warteten hier darauf, daß ihr Schicksal sich zum Besseren wenden würde, insgesamt mehrere tausend Menschen. Hier lernte sie durch bloßes Zuhören Deutsch. Sie blieb zehn Monate, trieb sich herum, spielte und lernte. Jeder machte, was er wollte. Zum Lernen wurden sie nicht sonderlich gezwungen. Sie bemühte sich, die Hoffnung nicht zu verlieren. Es gab Chaluzim*, die, wie sie später erfuhren, in Israel ausgebildet waren und untereinander Hebräisch sprachen. Auch andere warteten hier auf die Alija: Zionisten von Hanoar hazioni*, Mapai*, Dror Habonim* und viele von Haschomer Hazair*. Und jeden Tag hieß es: morgen, morgen würden sie fahren.

Nur selten kam eine Kiste Orangen oder Bananen aus Erez Israel. Zum Tu-bischwat-Fest* allerdings gab es Datteln. Jeden Tag mußte man in der Großküche Schlange stehen. Ihr Teller hatte Unterteilungen: für die Suppe, die Kartoffeln und das Kompott, manchmal Fleisch. Das Essen war eintönig und schlecht. Wenn sie Fleisch bekam, wickelte sie es ein und brachte es ihrem Bruder. Seine Freunde wußten, daß er sich vor Haaren ekelte, taten ihm immer eins in seine Portion und aßen dann seinen Anteil. In der Küche lernte sie Onkel Schwarz, einen ungarischen Juden kennen. Sie bot ihm an, für ein Margarinebrot abzuwaschen. Das bekam sie auch, und sie brachte es dem Bruder. So verging die Zeit mit endlosem Warten, bis sie nach Bayrisch Zell umzogen, nicht weit von Bad Reichenhall entfernt.

Bad Reichenhall war ein berühmtes Heilbad mit warmen Quellen und teuren Hotels. Man brachte sie in einem wunderbaren, dreistöckigen, holzvertäfelten Hotel unter, das die amerikanische Armee von den Deutschen konfisziert hatte. Dort verbrachten sie ein Jahr. Sie waren zu dritt in Zimmern, die mit verschnörkelten Schränken und großen Frisiertischen mit Spiegeln ausgestattet waren. Im Souterrain wurden Klassenzimmer eingerichtet.

Hier nahmen sie den Unterricht wieder auf. Sie bildeten ordentliche Klassen, in das Klassenbuch wurden richtige Zensuren eingetragen. Sie schreinerten eine Tafel und eine Bühne. Sie schrieben Arbeiten und legten Prüfungen ab. Der Diensthabende der Woche machte am Anfang der Stunde Meldung. Sie ließen Lehrbücher aus Ungarn kommen. Zusätzlich zu den Madrichim kamen neue Lehrer für Erdkunde, Geschichte, Physik, Schönschreiben und Orthographie. Ezra Galambos hatte früher an der Universität gelehrt, ihr Bruder am Gymnasium. Sie erzogen die Kinder mit Engelsgeduld und viel Nachsicht: es gab weder Strafen noch Schläge. Auf jede Kwuza* kamen fünfundzwanzig bis dreißig Kinder und je ein Madrich, dann noch eine Helferin, die auf die

Sauberkeit der Kinder und die ihrer Sachen achtete. Die Kwuzot bekamen auch Namen. Ihre hieß «Nescharim», Adler.

Diese Jahre legten den Grundstein ihrer Schulbildung. Sie lernten täglich acht bis zehn Stunden. Von acht Uhr morgens bis eins, mit zehn Minuten Pause zwischen den Stunden. Um ein Uhr aßen sie zu Mittag. Von vier bis sieben setzten sie die Unterrichtsstunden fort. Nach dem Abendessen trafen sie sich in einem der Zimmer zu einer Sicha*. Sie besprachen das Programm für das Wochenende. Jemand erzählte, welchen Film sie am Samstag sehen würden, wohin sie einen Ausflug machen würden und was sie dazu vorbereiten müßten. Oder sie besprachen den Film der letzten Woche. Um neun Uhr schliefen alle.

Jeden Tag lernten sie eine Stunde Hebräisch und Englisch. Sie entwickelte ihre Liebe zu Büchern. *Oliver Twist, Die Sterne von Eger, Die Baradlays, Die geheimnisvolle Insel*, sie las alles, was sie bekommen konnte. Bücher waren in diesen zweieinhalb Jahren ihre einzige Verbindung nach Ungarn. Sie hatten kein Radio und wußten nicht, was in der Welt vorging.

Jeden Samstag führte man sie ins Kino. Sie gingen zu Fuß in die Stadt, hin und zurück anderthalb Stunden. Sie fuhren mit dem Zug nach Berchtesgaden und besichtigten dort die Salzbergwerke. Man brachte sie an den Chiemsee, wo eine Kopie des Schlosses von Versailles steht. Sie kletterten auch auf die Zugspitze.

Alle Kinder, die musikalisches Talent besaßen, erhielten je nach Neigung Klavier-, Geigen-, Mandolinen- oder Ballettunterricht. Dafür ließ man deutsche Lehrer aus dem Städtischen Theater kommen. Zu Chanukka und Purim studierten sie unter der Leitung der Lehrer Programme ein und führten sie auf. Alle

Arbeiten im Hotel, Kochen, Putzen, Waschen, wurden von Juden verrichtet, die aus den Lagern kamen und nach Palästina wollten.

Von Zeit zu Zeit erschienen sonnengebräunte Gesichter. Schlichim* aus Erez Israel. Sie kamen in Uniformen. Auf der Brust oder am Arm war ein kleiner blauweißer Spiegel, der aussah wie eine Flagge. Wenn sie nicht gerade in Uniformen steckten, fiel sogar Kinderaugen auf, daß diese Schlichim einfache Menschen waren. Die Mädchen und Frauen waren nie geschminkt. Zum Erew Schabbat* versammelten sie die Kwuza um sich. Sie erzählten von Palästina, den Kibbuzim*, vom Zionismus, den landwirtschaftlichen Erfolgen und der Entwicklung von Tel Aviv. Die meisten sprachen Hebräisch. Die Madrichim übersetzten, denn wer Mitglied der Bricha war, der konnte Hebräisch. Sie sagten, sie müßten sich noch etwas gedulden. Bald kämen sie an die Reihe, und dann könnten sie all das Schöne mit eigenen Augen sehen. Sie durften keine Verbindung nach Ungarn haben. Von den hundertfünfzig Kindern traf das nur auf ihren Bruder und sie zu. Die übrigen waren von ihren Eltern, die hofften, daß sie so eine bessere Zukunft haben würden, zu den Zionisten gegeben worden. Die meisten hatten das vorangegangene Jahr in behüteten Häusern überstanden. Außer ihnen war nur das Zwillingspaar Irén und Ruti in der Fremde. Sie waren das Zwillingspaar von Mengele in Auschwitz gewesen. Die Lehrbücher verbreiteten die Nachricht, daß in Ungarn etwas Neues entstand. Sie bekamen mehrmals neue Lehrbücher, man durfte nicht hineinkritzeln, man mußte sie einbinden, damit die Kleineren sie auch noch benutzen konnten.

Das Hotel putzten sie selbst. Jede Woche war eine andere Kwuza für die Ordnung verantwortlich. Für Arbeiten wie

Waschen, Nähen und Bügeln waren aus den Flüchtlingslagern der Umgebung Jüdinnen angeworben worden. Auch die Köche kamen aus den Lagern. Sie deckten die Tische in dem prächtigen, luxuriösen Speisesaal des Hotels. Sie benutzten das glitzernde Silberbesteck, die feinen Porzellanteller. An den Tischen, die eigentlich für zwölf Personen gedacht waren, drängten sie sich dicht an dicht. Bei einigen saß der Madrich am Tischende, bei den anderen die Helferinnen. Jedes Kind hatte einen festen Platz. Ihr Stuhl war ganz hinten an der Wand. Ihr Bruder saß fünf Tische weiter. Einmal bemerkte sie, daß Madrich Sanyi Kohn ihren Bruder prügelte und ihm eine Ohrfeige verpassen wollte. Es gab Griesbrei mit Kakao, Pudding und Tee zum Abendessen. Sie sprang auf den Tisch, lief durch die Teller und sprang an den Hals des Madrich. Sie biß ihm in den Hals, schlang ihre Beine um seinen Bauch und würgte ihn. Er versuchte sie abzuschütteln, aber sie klammerte sich noch fester an ihn, wie ein kleiner Affe. «Warum hast du ihn geschlagen? Warum hast du ihn geschlagen?» schrie sie. Der Bruder mußte sie beruhigen und sie sanft von Kohn lösen. Ihre Zähne waren voller Blut, sie hatte dem Madrich fast ein Stück Fleisch aus dem Hals gebissen.

Einige Jahre später, als sie ihren Bruder oben im Norden im Kibbuz Mazuwa bei Naharia besuchte, erinnerte Sanyi Kohn sie daran: er zeigte ihr die Spuren ihrer Zähne auf seinem Hals. «Das bleibt mir ewig», sagte er, «seitdem gehe ich auch deinem Bruder aus dem Weg.» Sie zischte zurück: «Wenn du meinen Bruder noch mal anrührst, nehme ich ein Messer und steche dich ab.»

Der Bruder gehörte schon zu den großen Jungen. Auch sein Verhalten ihr gegenüber hatte sich verändert. Nachts bewachten die Jungen, eingeteilt in Gruppen zu je fünf, das Hotel. Tagsüber verschwanden sie und verrieten nicht wohin. In Israel erfuhr sie später, daß man sie für die Hagana* gewonnen hatte und ihnen den Umgang mit Waffen beibrachte.

Der Bruder kämmte ihr Haar. Sie hatte langes Haar. Der Bruder liebte es sehr. Einmal – noch im Konzentrationslager, in Ostmarkfeld – hätte ihn das fast das Leben gekostet. Er befürchtete, daß die Schwester Läuse bekommen hatte und man ihr Haar abschneiden müsse. Es reichte ihr bis unters Knie, und er flocht es gerne zu einem Zopf. Einmal stahl er Petroleum, tunkte die Bürste hinein und bürstete damit kräftig das Haar. Dann flocht er es fest zusammen und steckte es zu einem Knoten hoch. Als er wieder Petroleum stehlen wollte, wurde er vom Kommandeur, einem österreichischen Ingenieur, erwischt. Er richtete die Pistole auf ihn. Brüllte, daß das Petroleum teures Kriegsgut sei, und wollte wissen, was der Bruder vorhabe! Eine Höllenmaschine bauen? Als er verstand, daß er es wegen der Läuse gestohlen hatte, steckte er die Pistole weg und erklärte, daß das gefährlich sei und man Petroleum nur für Maschinen verwenden dürfe. Wenn er wolle, könne er von ihm ein kleines Töpfchen mit Öl bekommen. Auf der Treppe vor seinem Büro habe er zehn Minuten, seiner Schwester damit das Haar auszukämmen.

Das gewohnte Haarekämmen behielten sie auch im Hotel bei. Jeden Morgen um sieben ging sie die zwei Stockwerke hoch zu ihrem Bruder. Weil sie auch mit dem Haarewaschen nicht alleine fertig wurde, wusch ihr der Bruder wöchentlich das Haar, das sie dann am Ofen trocknete. Einmal sagte er, sie solle am nächsten Tag nicht kommen, weil er weggehe. Wohin, das würde er ihr schreiben. Er würde verreisen, und wahrscheinlich würden sie einander einige Monate nicht treffen. Als sie am nächsten Morgen trotzdem hochging, war das Zimmer leer. Sie begriff, daß sie nun alleine war.

Nach anderthalb Wochen kam ein Brief aus Mailand. Der Bruder schrieb, es ginge ihm gut, sein Leben verliefe ähnlich wie im Hotel. Sie solle sich keine Sorgen machen und könne ihm an die angegebene Adresse schreiben.

Bald darauf kamen amerikanische Damen zu Besuch. Sofort verbreitete sich die Nachricht, daß sie wegen Adoptionen hier wären. Sie fand heraus, daß sie auf der Liste derer stand, die den Amerikanerinnen gefallen hatten. Der Bruder hatte einen guten Freund unter den Madrichim, der schrieb sofort nach Mailand, er solle einschreiten. Käme es zur Adoption, würde er sie nie wiedersehen, weil man ihren Name ändern würde, und es später nicht mehr nachzuvollziehen wäre, woher und unter welchen Umständen sie nach Amerika gelangt sei. Die Antwort kam unverzüglich. Der Bruder drohte dem Lagerleiter. Wenn er die Schwester zur Adoption freigäbe, fände er eine Möglichkeit, nach Deutschland zurückzukehren und ihn wie einen Hund abzuknallen. Er solle es nicht versuchen, denn sie gehöre zu ihm, und er wolle sie nicht verlieren. Er würde zum Joint* gehen, um sie mit einem Prozeß zurückzubekommen. So blieb sie. Dreißig oder vierzig Kinder im Alter von acht bis zehn wurden mitgenommen. Sie war jetzt vierzehn.

Nach etwa drei Monaten machten auch sie sich auf den Weg. Eines Abends ließ man die Lagerbewohner zusammenkommen und verkündete, daß sie neue Rucksäcke, Stiefel und Kleidung bekämen. Packen müsse jeder für sich allein, der Rucksack müsse offen bleiben, damit die Madrichim überprüfen könnten, ob alles in Ordnung sei. Ihre Dokumente durften sie nicht mitnehmen, die mußten sie dem Madrich abliefern. Nach der Ankunft würden sie sie zurückbekommen. Sie hatte die elterliche K'tuba* bei sich, ihre eigene Geburtsurkunde, das Impfbuch des Bruders und das Schriftstück über seine Bar Mizwa*. Der Vater hatte ihr die Dokumente im Wirtshaus Szűcs anvertraut. Sie gab sie nicht ab, sondern nähte sie in das Mantelfutter ein. Im Souterrain des Hotels war eine kleine Tischlerwerkstatt eingerichtet. Die Jungen bastelten mit Laubsägen Spielzeug. Den Mädchen brachte man Sticken, Stricken und Häkeln bei. Alle packten ihre Arbeiten ein. Das war ihr letzter Abend. In der nächsten Nacht machten sie sich auf den Weg nach Erez Israel. Sie stiegen auf einen Lastwagen. Nach einer Woche waren sie in Marseille. Sie fuhren nur nachts. Tagsüber mußten sie sich in den Wäldern verstecken. Die Kleineren, unter ihnen waren auch Fünf- und Sechsjährige, schliefen auf dem Lastwagen, die Größeren nahmen die zusammengerollten Matratzen und legten sich die Rucksäcke unter den Kopf. Nachdem sie in Marseille angekommen waren, gingen sie an Bord eines großen Schiffes, das aus drei Decks bestand. Am Mast des Schiffes hatte man die Flagge von Panama gehißt. Das Schiff hieß *Exodus.*

An Bord wurden sie von den Madrichim ermahnt, sich gut zu betragen. Es würde ein entsetzliches Gedränge geben, nichts würde so sein, wie sie es gewohnt waren, kein eigenes Bett, keine Decke und ähnliches. Essen und Trinken seien streng einzuteilen, sich zu waschen sei kaum möglich. Sie sollten sich nicht streiten, die Großen sollten auf die Kleineren acht geben. Sicher würden manche seekrank werden. Dies ginge mit Erbrechen, Übelkeit, Appetitlosigkeit und Schwindel einher. Sie müßten einander helfen, sich rechtzeitig den Beutel reichen oder sich über die Reling beugen. Auf das Oberdeck dürften sie nur mit Erlaubnis gehen. Sie müßten das durchhalten. Fünf Tage, vier Nächte. Danach sei alles überstanden: dann seien sie in Erez Israel.

Sie legten in der Nacht ab. Ihre Plätze waren ganz unten im Schiff. 4500 Flüchtlinge drängten sich zusammen, die meisten waren Kinder und Jugendliche. Es gab auch welche aus Ungarn, aber sie fand keine Bekannten. Ihre Kwuza blieb zusammen. Im Heck des Schiffes gab es eine Latrine. Sie bekamen Konserven und Trinkwasser in kleinen Tassen. In der vierten Nacht ließ der Madrich sie wecken, weil es Schwierigkeiten gab. Zwei englische Schnellboote hielten das Schiff auf. Sie beleuchteten es von allen Seiten mit Scheinwerfern. Junge Männer mit amerikanischen Armbinden, die in Wirklichkeit aber zur Hagana gehörten, stampften zu ihnen herunter und vernagelten die Luken. Sie bekamen kaum Luft. Die Madrichim erklärten, daß dies wegen der Tränengasgranaten notwendig sei, möglicherweise werde ihr Schiff angegriffen werden.

Die Hitze im Bauch des Schiffes wurde unerträglich. Am nächsten Tag hörten sie draußen englische Kommandos, die sie nicht verstanden, dann ein Prasseln, dann den Aufprall der Gasbomben, von denen die Madrichim gesprochen hatten, dann noch einen Schlag. Draußen begann man, die vernagelten Luken mit Beilen zu zerschlagen. Ein Schnellboot rammte sie. Die englischen Soldaten schleuderten die Tränengasgranaten durch die eingeschlagenen Luken. Der Bug des Schnellbootes schlug ein Leck von etwa zwei Metern in ihr Schiff, durch welches die Engländer einzudringen versuchten. Die Leute von der Hagana erwarteten sie mit Knüppeln. Sie sah alles aus der Nähe, weil sie hinaufgegangen war, um frische Luft zu bekommen. Die Engländer feuerten. Die fünfzehnjährige Ilonka Szelei, die zwei Meter von ihr entfernt stand, wurde in die Lunge getroffen und fiel nach hinten. Man verband sie schnell und brachte sie auf einer Tragbahre weg. Der Nahkampf ging weiter. Alle Luken wurden aufgebrochen. Die Soldaten sprangen herein und richteten die Waffen auf sie: «Hände in den Nacken!» Dann bekam das Schiff noch ein weiteres Leck, auf derselben Seite wie das erste, und begann zu sinken. Das Wasser stand schon in Kniehöhe, als das unterste Deck geräumt wurde. Sie packten eilig ihre Rucksäcke und kletterten auf das Oberdeck. Jetzt erst sahen sie, wo sie waren: Einen Kilometer vor Haifa. Die Felsen von Karmel funkelten im Sonnenlicht. Das Schiff ging vor Anker, flankiert von einigen Marinebooten. Die Engländer begannen die Menschen mit Gewalt vom Schiff herunterzuholen. Einige sprangen ins Wasser. «Tempo, Tempo!» rief man ihnen vom Schiff und vom Ufer aus zu. Zehn oder zwanzig Menschen gelang so die Flucht. Man befürchtete, daß das Schiff sinken könnte, bevor alle Menschen evakuiert wären. Deshalb lichtete man den Anker, und drei kleinere englische Schiffe schleppten die *Exodus* an Tauen in den Hafen. Vor Aufregung setzten bei einer Schwangeren die Wehen ein. Sie schrie wie eine Wahnsinnige. Ärzte und Schwestern in weißen Kitteln wurden von bewaffneten Soldaten begleitet. Man brachte die Frau auf einer Tragbahre fort und trieb alle anderen, eskortiert von zwei Reihen Soldaten, in einen großen Hangar. Diejenigen, die amerikanische Armbinden trugen, schubste man in eine gesonderte Ecke. Man drohte ihnen, wenn sie nicht den Kapitän des Schiffes ausliefern würden, würde man sie erschießen. Daraufhin präsentierten sie einen elfjährigen Jungen mit einer Kapitänsmütze. Trotz der großen Zores lachten tausende Menschen die Soldaten Ihrer Majestät aus. Das war am 17. Oktober 1947.

Sie bekamen Kakao und Sandwiches. Dann, zwei oder drei Stunden später, schubste man die Passagiere der *Exodus* wieder auf ein Transportschiff der englischen Marine. Sie liefen aufs offene Meer aus. Dort dümpelten sie drei Monate.

Sie waren zusammengeblieben, die Kinder und Madrichim, die sich von Új-Szeged auf den Weg gemacht hatten. Sie bekamen Raum im Bauch des Schiffes. Sie schliefen in Hängematten, vier übereinander. Tagsüber durften sie auf dem Oberdeck spazierengehen, von wo aus sie das Ufer erkennen konnten. Sie rannten herum, spielten Ratespiele. Viele erzählten vom Leben in Ungarn, sie sagte nichts. Sie blieb verschlossen und distanziert.

Die Madrichim unterrichteten nicht mehr und beaufsichtigten nur mehr die Essensausgabe. Die Engländer brachten das Essen in Kesseln: morgens schwarzen Kaffee und Brot, mittags dicke Suppe und Brot, abends Tee und Brot. Die Kinder wurden gewarnt, sich nicht über die Reling zu lehnen, die größeren sollten die kleineren auf dem WC festhalten, damit sie nicht ins Meer fielen. Sie wuschen sich mit Meerwasser, in strenger Reihenfolge, wie im Lager: die Seife schäumte nicht. Wer seekrank wurde, wurde von den Engländern versorgt. Die Gesunden blieben bei der Gruppe. Die Spiele gingen ihnen allmählich aus. Sie gingen mehrfach vor Anker. Einmal auch mit den drei Schiffen, die sie schon oft in der Ferne gesehen hatten. Mit Booten wurden Minen um das Schiff gelegt, um es vor Angriffen von Tauchern zu schützen. Fern vom Ufer erhielten sie neuen Proviant und Wasser. Alle Wasserbehälter wurden von Soldaten bewacht, im Abstand von zehn Metern stand ein Wachposten mit einem Gewehr. Man durfte nicht mit ihnen reden. Ebensowenig durfte man sich nach Einbruch der Dunkelheit auf dem Oberdeck aufhalten. Nach vier Nächten hielt sie es nicht mehr aus. Sie mußte um jeden Preis auf das Oberdeck, an die frische Luft. Durch eine Falltür, die vom Oberdeck in den Schlafsaal führte, schlüpfte sie hoch. Sie versteckte sich unter der Leinwand eines Rettungsbootes, das wurde von da an ihr Schlafplatz. Oft schlug sie die Leinwand auf, um den Himmel sehen zu können. Sie stellte sich vor, daß sie mit ausgestreckten Armen Sterne pflücken könnte, den Großen Bären, das Siebengestirn. Der Mond war schon in Szeged ihr besonderer, geheimer Freund gewesen. Jetzt lief er mit ihr auf den Wellen. In der Morgenröte spielten Delphine.

Auch am Schiff pflegte sie ihr Haar sorgfältig. Tagsüber trug sie einen Zopf, nachts aber öffnete sie es, um es zu lüften. Ein englischer Soldat entdeckte sie: «What are you doing here, baby?» «Nothing, I'm just here.» Er packte sie wie eine Katze und hob sie aus dem Boot. Ihr Haar fiel ihm auf Hände und Brust. Er schob sie vor sich her. Er betrachtete sie, fing an zu lächeln. Es war ein schönes Lächeln. Sie nannte ihn Schönzahn. «Be quiet, don't worry». Wenn sie still sei, könne sie bleiben.

Er kam oft zu ihr und stellte ihr Fragen: «Where are you from?» Was sucht ein junges Mädchen hier alleine? Sie kramte ihren ganzen Wortschatz zusammen, sie hatte schon mehrere Monate Englisch gelernt. Sie versuchte zu erklären, was ihr widerfahren war, seitdem sie Ungarn verlassen hatte. Fast jeden Abend brachte er Schokolade, manchmal Orangen und Tomaten. Einmal erlaubte sie ihrem kleinen Gefährten Pista Klauber, mit ihr zu kommen. Wenn er es keinem verraten würde, würde sie ihm einen besseren Platz zum Schlafen zeigen. Als Schönzahn sah, daß sie nicht allein war, war er verärgert. Er scheuchte Pista runter, weil er fürchtete, daß die ganze Kinderbande sich hier versammeln könnte.

Sie passierten Gibraltar und gingen schließlich in Hamburg vor Anker. Am letzten Abend sagte Schönzahn: «Goodbye, Baby.»

Er gab ihr mehr Schokolade als sonst. Viele wollten trotz der Anstrengungen der vergangenen Monate nicht von Bord gehen. Niemals wieder nach Deutschland. Die Engländer schlugen sie mit Stöcken und scheuchten sie mit Tritten vom Schiff. Man brachte sie nach Pottendorf. Die Madrichim sammelten die Kinder um sich. Den kurzen Weg bis zu dem wartenden Lastwagen wankten sie wie Betrunkene. In Pottendorf hatte die UNRA ein Lager. Es war dem Lager in Wien ähnlich. Ihre Madrichim sagten nichts mehr. Sie waren gebrochen. Sie waren nur darauf bedacht, daß sie rechtzeitig badeten und alle bei der Essensausgabe anwesend waren. Sie erfuhr von anderen, daß sie drei Monate auf hoher See herumgeirrt waren, weil kein Staat sie hatte aufnehmen wollen. Es gab nichts zum Spielen. Die Kinder stritten und schlugen sich. Es war kalter Winter, man konnte nirgendwo die Kleider trocknen. Was sie am Tag wusch, trocknete sie nachts mit ihrer Körperwärme. Nach zwei Monaten kamen die Madrichim wieder mit einer Namensliste. Wer dort eingetragen war, mußte innerhalb von zwei Stunden marschbereit sein. Sie sagten: «Wir gehen auf Alija. Wir machen uns wieder auf den Weg nach Israel.»

VON hundertfünfzig Kindern machten sich fünfzig unter der Führung von vier Madrichim wieder auf den Weg nach Marseille. Die Fahrt dauerte diesmal nur drei Tage. Der Lastwagen raste, er hielt nur ab und zu ein paar Minuten zum Tanken. Die Ladefläche war mit einer Plane verhüllt und wurde erst in Marseille geöffnet. Es gab keine andere Wahl, man mußte auf den Rucksack pinkeln. In Marseille ging es ihnen gut. Die Gruppe wurde im Schloß Rothschild untergebracht. Das Schloß sah wie ein großes Hotel aus, ähnlich dem in Reichenhall. Es lag mitten in einem riesigen Park, in dem sie oft alleine herumschlenderte. Sie schloß sich ungern den anderen Kindern an. Der Madrich wußte, daß sie sehr schnell laufen konnte. «Lujzi, es gibt hier einen Sportwettkampf, mach doch bitte mit.» Er stellte sie einem Jungen vor, der Dow hieß und sie trainierte. Nach einer Woche fand der Wettkampf statt. Sie gewann.

Nur die Madrichim hatten eigene Zimmer, alle anderen waren in Sälen untergebracht, in denen amerikanische Klappbetten standen. In Marseille gab es keinen Unterricht, nur Warten und abermals Warten. Sie entdeckte einen kleinen Teich. Hier sah sie zum ersten Mal Lilien. Auf dem Teich schwammen Schwäne, denen sie jeden Tag Brot brachte. Am gegenüberliegenden Ufer leuchtete ein weißes Schloß. Hier, in diesem Park, trieb sie sich drei Monate herum. Dann wurde wieder ihr Name verlesen. Der Madrich rief sie zu sich und erklärte ihr, daß sie sich einer rumänischen Familie anschließen werde. Sie müsse sich so verhalten, als gehöre sie zu dieser, bis sie Israel erreichten. Man kleidete sie schön ein und brachte sie zu der Familie. In Israel werde sie ein Abgesandter erwarten, der ihr weiterhelfen werde. Auf dem Schiff werde sie auch jemanden treffen, der sich täglich erkundigen werde, ob alles in Ordnung sei. Ob sie noch irgendein Dokument habe? Auch jetzt gab sie ihre Dokumente nicht her. Inzwischen war einige Zeit vergangen: man schrieb das Jahr 1948.

Sie gingen an Bord eines Luxusschiffes. Es hieß *Transsylvania.* Mit der rumänischen Familie konnte sie kein Wort wechseln. Man läutete zum Frühstück, zum Mittagessen. Die anderen gingen los, sie machte ihnen alles nach. Ein Mann schaute immer wieder bei ihr vorbei und fragte auf Ungarisch, ob alles in Ordnung sei. Auf dieser Schiffsreise fühlte sie sich schlecht, weil sie kaum die Kabine verlassen konnte. Sie las ein eingeschmuggeltes Buch über das Leben von Hanna Szenes. Glücklicherweise nahm der Mann es ihr erst am dritten Tag ab, als sie es schon fast ausgelesen hatte. «Das hättest du nicht mitbringen dürfen.» «Ich weiß. Tut mir leid. Was kann ich machen?» «Nichts kann man machen.» Er warf es ins Meer. Am fünften Tag, am 5. Mai, legten sie an. Man reichte ihr ihre Tasche. Der Ungar – sie sah ihn nie wieder – übergab sie im Hafen von Haifa einem anderen Ungarn. Der sagte, er bringe sie in ein Haus, wo auch andere Kinder seien, und sie solle dort bleiben, bis er sie wieder abhole. Er brachte sie nach Karmel. Jeden Tag bekam sie dreißig Piaster, braune Geldstücke mit einem Loch, davon sollte sie sich etwas zu Essen kaufen. Als sie die Erde Israels betrat, sagte sie, ihr Bruder hieße Mordechai Schnizer. Sie wisse nicht, wo er sei, sie habe seit einem Jahr keine Nachricht von ihm. Sie würde solange nicht von hier weggehen, bis sie ihn gefunden habe.

In dem Haus hörte sie viele fremde Sprachen. Sie wechselte mit niemandem ein Wort. Sie sah nicht viel von Haifa, weil sie nur aus dem Haus gehen durfte, um Essen zu kaufen. Sie kaufte Erdnüsse, Bananen und Orangen. Nach drei Tagen kam der Mann wieder und setzte sie mit anderen Kindern in einen Panzerwagen. Es waren israelische Soldaten, die das Panzerfahrzeug von Haifa nach Kfar Saba begleiteten. Gerade war der israelische Staat ausgerufen worden, und die Kämpfe hatten begonnen. Auf einer Steigung sagten die Soldaten, daß sie sich hinlegen sollten. «Jeladim, jeladim – lischkaw!»* Man drückte ihre Köpfe runter. Insgesamt waren zwölf Kinder im Auto. Man hörte Schüsse knallen. Zwischen Binjamina und Haifa gibt es bis heute ein arabisches Dorf namens Faradis. Von dort wurden sie beschossen. Bald erreichten sie Malon jeladim, das Kinderheim. Man brachte sie in das Büro, um sie zu befragen. Sie brach in Tränen aus: sie wolle zu ihrem Bruder. Sie wolle, daß man ihn finde. Man verstand nicht, was sie sagte. Sie holten einen Ungarn aus Hedera, der übersetzte. Der Heimleiter sagte, daß nach ihrem Bruder schon gesucht werde. Kein Grund zur Sorge. In ein paar Tagen werde er da sein. Neben dem Heim gab es einen großen Orangenhain. Ob sie so was schon gesehen habe? Sie solle ruhig runterrennen und essen, soviel sie wollte, und wenn sie Lust hätte, den anderen bei der Ernte helfen. Sie war drei oder vier Tage dort, als man sie rufen ließ. Der Bruder, der Bruder sei am Telefon. In einem Kibbuz bei Petach Tikwa hatte man ihn entdeckt. Nach so vielen Monaten hörte sie seine Stimme. «Mordi, bist du's wirklich?» «Ja, wer denn sonst? Wie geht's, Schwesterchen? Morgen komme ich dich besuchen.»

Daraus wurde nichts, weil heftige Kämpfe ausbrachen. Im benachbarten arabischen Dorf war es zu einem Aufruhr gekommen. Die Einwohner waren geflüchtet und das Kinderheim war von der Umwelt abgeschnitten. Man brachte sie in den Norden von Tel Aviv, in einen Meschek hapoalot*. Dort gab es Blumen- und Gemüsegärten, Orangenhaine, Kühe, Hühner. Sie arbeiteten vier Stunden, vier Stunden lernten sie. Rak iwrith. Nur Iwrith*. Das Kinderheim war in der Keren Kajemet Nr. 75. Nicht weit davon entfernt wohnte David Ben Gurion. Jeden Freitag kam er vorbei, um Schabat schalom zu wünschen. Seine Frau Pola holte jeden Tag bei ihnen Milch, Gemüse und Blumen. Eines Tages rannte Madricha Nechama zu ihr in den Gemüsegarten: «Lauf schnell, dein Bruder ist da.» Ihr Bruder sah seltsam aus. Er trug eine Lederhose, ein weißes, kurzärmeliges Hemd, seine Nase war von einem gewaltigen Pickel dick angeschwollen. Er hob sie hoch und bedeckte sie mit Küssen. Sie erfuhr nicht, was ihm widerfahren war, weil er nur anderthalb Stunden bleiben konnte und lieber ihr zuhören wollte. Er lud sie zum Sabbat in seinen Kibbuz ein. Da erzählte er, daß sie in Italien an Bord eines Schiffes gegangen, aber auch von den Engländern abgefangen worden waren. So war er nach Zypern gelangt und erst am Tag der Staatsgründung nach Israel gekommen, kaum früher als sie. Er kam in einen Kibbuz. Dort hatte er seine Ausbildung begonnen. Kurz darauf war er eingezogen worden. Sie blieb im Kinderheim, und ihr Bruder ging zurück in seinen Kibbuz. Alle zwei Wochen holte er sie zu sich.

Der Unabhängigkeitskrieg war noch nicht zu Ende, als eines Tages eine Bombe in ihrem Speisesaal einschlug. Zwei griechische Jungen und ein polnisches Mädchen, die gerade die Tische deckten, starben. Die drei Kinder wurden beerdigt, es kam zur ersten Feuerpause. Sie war jetzt sechzehn und konnte Iwrith lesen. In der

Zeitung stand, daß ein Schiff namens *Altelena* Waffen und Munition bringen und in Tel Aviv vor Anker gehen würde. Wenn die Hagana die Waffen nicht an Land ließe, würde der Bruderkrieg ausbrechen. Er brach auch aus. Durch die Fenster des Kinderheimes sahen sie die Schießerei. Und über die Lautsprecher hörte sie eine starke, markante Stimme, die beide Seiten aufforderte, nicht aufeinander zu schießen, das sei Juden unwürdig. Als die *Altelena* in die Luft ging, forderte Begin – ihm gehörte die markante Stimme – die Hagana auf, das Feuer einzustellen und die Verwundeten an Land zu lassen. Die auf dem Schiff Verbliebenen sollten sich ergeben. Viele versuchten schwimmend zu entkommen. Die *Altelena* lief auf Grund, mit dem Bug in den Sand. Die Zuschauer wateten vom Ufer ins Wasser und umringten das Schiff. Sie wählt seitdem Menachem Begins Partei.

Sie blieb ein weiteres Jahr im Meschek hapoalot. Sie träumte bereits hebräisch. Ihr fehlte es an nichts. Eines Tages kam der Bruder mit der Nachricht, daß ihre Mutter nach Israel gekommen sei. Sie lebe vorübergehend in Pardes Channa, in einer Maabara*. Er würde sie bald zu Besuch dorthin mitnehmen. Seit der Staatsgründung konnten die Menschen legal mit Hilfe der UNRA einreisen. Sie kamen mit Schiffen von Deutschland und Frankreich. Der Bruder hatte der Mutter nach Ungarn geschrieben und sie auf die Idee gebracht, in Szeged die zionistischen Organisationen aufzusuchen, mit deren Hilfe sie die Alija organisieren könnte. In Israel angekommen, gaben ihr die Leute von der Sochnut* die Adresse des Kibbuz ihres Bruders, der gerade eingerückt war. Per Autostopp kam die Mutter von Tel Aviv nach Pardes Channa. In der Maabara umarmte und küßte der Bruder die Mutter. Sie trat nur vor sie hin. «Servus, Mama, wie geht's?» Sofort fragte sie, wo der Vater sei. Die Mutter sagte, sie habe ihn gebeten, mit ihr zu kommen, er aber habe nicht gewollt. Erst zwei Jahre später stellte sich heraus, daß das alles eine Lüge war. Die Mutter war fett wie ein Schwein. Sie brachte etwa achtzig Kilo auf die Waage, als sie ihren Fuß auf die Erde des neugeborenen Israel setzte. Unterwegs hatte sie sich einen Mann aufgelesen, der mit den Deutschen Geschäfte gemacht hatte. Sie ekelte sich vor der Mutter und ging in das Kinderheim zurück. Etwa zwei Wochen später kam ihr Bruder wieder. «Schwester, ich war in Haifa. Von dort sind viele Araber geflohen. Ich habe eine kleine, verlassene Wohnung gefunden und bei der Sochnut erreicht, daß die Mutter sie bekommt. Ich habe schon ihren Umzug organisiert. Sie hat ein Bett, drei Töpfe, Teller und eine Zeit lang Unterstützung von der Sochnut bekommen.» Das nächste Mal brachte er die Mutter ins Heim mit. Sie sagte, sie solle das kleine Heim verlassen, weil ihr Bruder auch den Kibbuz verlassen habe. Er sei Soldat. Sie sollten ein gemeinsames Heim haben, wohin der Bruder am Wochenende heimkehren könne. Sie würde arbeiten gehen. Sie könne auch dort weiter lernen, aber sie wären zusammen. Sie reichte ein Gesuch ein, daß sie das Heim verlassen wolle.

Sie traute weder der Mutter noch ihrem neuen Leben besonders. Sie verließ die schon vertraute Umgebung ungern. Aber sie dachte daran, daß der Bruder immerhin eine Familie haben würde, wenn er aus der Armee zurückkäme. Und wieder nahm sie ihre Beziehung mit der Mutter auf. «Vergessen wir die Vergangenheit.» Jetzt konnte das wahr werden, was der Vater ihr ans Herz gelegt hatte, und was sie ihm versprochen hatte. Der Heimleiter versuchte, ihr die Sache auszureden. Die Mutter habe keine Arbeit und lebe von staatlicher Hilfe. Sie werde dort nicht lernen können. Sie solle lieber hier bleiben und höchstens einmal im Monat hinfahren, man würde ihr die Reisekosten bezahlen. Sie trat aus der Alijat hanoar* aus. Sie hörte nicht auf den Heimleiter. Sie bekam fünfundzwanzig Pfund Unterstützung, die sie ihrer Mutter gab. Das gemeinsame Leben begann.

Die Mutter bekam eine Putzstelle auf dem Militärflughafen, wo sie die Küche, den Spültisch und den Speisesaal sauber halten mußte. Die Stelle hatte sie genau drei Monate. Die Arbeit war ihr zu schwer, sie hielt es dort nicht aus. Eines Tages ging die Mutter einfach nicht mehr zur Arbeit. Sie ging inzwischen schon in Haifa zur Schule. Sie war noch schulpflichtig, mußte aber schwänzen, weil sie nebenher Geld verdienen mußte. Sie ging putzen und waschen. Sie arbeitete für eine Familie, die ein Spielwarengeschäft auf dem Herzl-Boulevard hatte. Den Lohn gab sie ihrer Mutter, die auch von der Armee ein paar Pfund bekam, weil die Familie ohne Einkommen war. Fünf oder sechs Monate ging das so, bis die Mutter einen Mann kennenlernte, der als Zugführer bei der Bahn arbeitete. Er wohnte in einem unbenutzten Pullmanwaggon, wo die Mutter oft übernachtete. Die Mutter konnte ihr provozierend loses Verhalten nicht ändern. Einmal ließ ihr Arbeitgeber sie früher nach Hause gehen, die Tür war immer offen, sie ging in die Wohnung. Da fand sie ihre Mutter halbnackt, mit dem Geschlechtsteil eines Mannes im Mund. Ein Stockwerk über ihnen wohnte eine ungarische Familie. Dort rannte sie hin, weiß wie die Wand. Sie sahen, daß etwas passiert sein mußte. «Lujzika, was ist? Du kommst doch sonst nicht so früh nach Hause.» «Man hat mich früher gehen lassen.» «Hast du hier den Mann getroffen, der hinter deiner Mutter her ist?» Sie seufzte. «Nichts zu machen, sie ist eben so.» Die Kauffrau an der Ecke, Tante Rózsi, war auch Ungarin. Wenn sie fragte: «Wo ist deine Mutter?», zeigte sie mit den Händen, was die Mutter machte. Dann fiel ihr wieder der Weg aus dem Lager nach Preßburg ein, und was die russischen Soldaten mit der Mutter gemacht hatten.

Als ihr Bruder das nächste Mal Ausgang hatte, bat sie ihn, sie wegzubringen. Sie wolle nicht mehr hier bleiben. «Schwester, hab Geduld. Noch ein Jahr, und ich werde entlassen. Dann sehen wir weiter.» Der Bruder hatte in der Armee alte Freunde aus dem Lager in Deutschland getroffen. Die kamen zu Besuch, nahmen sie mit zu ihren Eltern. Einer war in der Ausbildung als Schiffsmaschinist, bei ihm verbrachte sie die meiste Zeit. Meist blieb sie bis sieben oder acht am Abend, aber sie übernachtete nie dort.

Die Mutter brachte den Mann nun häufig in die Wohnung mit, schlief aber weiter nicht zu Hause. Sie blieb viel alleine. Eines Nachmittags ging die Mutter gutgelaunt und herausgeputzt aus dem Haus, sie kam erst nach ein paar Stunden zurück. Als sie am nächsten Tag von der Arbeit nach Hause kam, fuhr ein beladener Lastwagen von ihrem Haus weg. Die Wohnung war leer. Sie rannte hoch zu Manyi, ihrer Nachbarin. «Was ist passiert? Wo ist meine Mutter?» «Die Mutter ist fortgegangen.» «Wohin?» «Ja, hat sie denn nichts gesagt? Sie hat geheiratet.» Das war an einem Donnerstag nachmittag. Manyi sagte, sie solle bei ihnen schlafen. Wo hätte sie sich in der leeren Wohnung auch hinlegen können? «Bleib hier, ich versuche, deinen Bruder zu erreichen.» Nach anderthalb Stunden kam sie mit einer Frau von der Sozialhilfe zurück. Die bat sie, auf ihre Fragen offen und ehrlich zu antworten. Zuerst fragte sie, wie sie nach Israel gekommen sei und wie das Verhältnis zu ihrer Mutter gewesen war. Sie wollte nicht die ganze Wahrheit sagen. Die Frau bat sie, ein paar Minuten rauszugehen, weil sie sich mit Manyi unter vier Augen beraten wolle. Manyi war eine fünfunddreißigjährige Frau aus Debrecen, die mit ihrem Mann und drei kleinen Kindern lebte. Der älteste war acht, der kleinste drei Jahre alt. Was sie miteinander besprachen, hörte sie nicht. Dann rief man sie zurück in das Zimmer, und die Dame fragte nach ihren Zukunftsvorstellungen. Sie würde gerne einen vierjährigen Schwesternkurs besuchen, das sei ihr Traum. Die Frau versprach ihr, sie am nächsten Tag zu holen und sie zu einem Eignungstest zu bringen. Das geschah auch. Fünf oder sechs Stunden stellte man ihr Fragen und ließ sie alle möglichen Testbögen ausfüllen. Fragen über Mathematik, Geschichte, Literatur und Tanach*. Sie erreichte fünfundneunzig von hundert möglichen Punkten. Man stellte ihr aber noch keine Eignungsbescheinigung aus, die Frau von der Sozialabteilung sagte: «Du mußt dir wegen der Prüfung keine Sorgen machen, du bist ganz sicher geeignet. Aber die Schule beginnt erst in einem halben Jahr. Bis dahin bringe ich dich im Tel Haschomer Krankenhaus unter, du mußt ja irgendwo bleiben. Ich stelle dich den Schwestern vor. Du bekommst eine Uniform, Kost und Logis. Du mußt alle Arbeiten verrichten, die man dir aufträgt.»

In den größeren israelischen Städten gab es Militärzentren, in denen die durchreisenden Soldaten Unterkunft fanden. Hier wurden sie verköstigt und konnten sich ausruhen. Hier erhielten sie auch Fahrkarten an ihre Bestimmungsorte. Ihr Bruder kam am Freitag an. Er war erschrocken, als er das leere Zuhause vorgefunden hatte. Von den neuen Mietern erfuhr er, daß er die Mutter in Jaffa suchen müßte, und daß ihr neuer Mann die Kinder nicht sehen wolle, weil er schon vier habe. Sie wollte nichts mehr mit ihrer Mutter zu tun haben, seit einem halben Jahr hatte sie keine Nachricht von ihr erhalten. Aber der Bruder spürte die Mutter auf und erfuhr, daß der neue Mann in Ungarn Lehrer gewesen war. Er war also auch ein Ungar, wie der Maschinist.

Das Tel Haschomer Krankenhaus wird auch heute noch vom Militär finanziert, ihm ist eine Kadettenschule angeschlossen. Wer sie absolviert, erlangt neben der Schwesternausbildung einen militärischen Rang. Fünf Monate, bis zum Beginn des Schuljahres, arbeitete sie als Hilfsschwester. Sie leerte Bettpfannen, bezog Betten, wischte Erbrochenes auf, setzte Katheter und putzte. Im Schwesternkurs teilten sich drei Schülerinnen ein Zimmer, die ganze Gruppe eine große Dusche. Jede Woche bekamen sie frisches Bettzeug. Jede Schwester bekam vier blaue Uniformen und vier weiße Schürzen, Häubchen, weiße Schuhe, weiße Socken. Wenn die Uniformen schmutzig geworden waren, bekam man sie gestärkt und schön gebügelt zurück. Nur die Unterwäsche mußten sie selbst waschen. Ihre Gefährtinnen wußten, wo sie am Wochenende hingehen konnten. Sie wurde auch von ihnen eingeladen, aber sie nahm die Einladungen nur selten an. Natürlich versuchte man ihr auch Jungen vorzustellen, die sie aber höflich mied. Sie ekelte sich vor Männern. Wenn im Bus einer sie zufällig berührte, wurde ihr schlecht. Sie versuchte zu allen nett zu sein: «Schalom Schalom. Ma nischma, ma schlomcha.»* Aber sie ging mit keinem. Lieber löste sie ihre Gefährtinnen ab, die Samstagsdienst hatten, tat an deren Stelle Dienst. Sie machte sich mit Eifer ans Lernen.

Das Tel Haschomer Krankenhaus ist auch heute noch Teil der Bar Ilan Universität. Dort fanden auch die Medizinvorlesungen statt, in die sie sich einschlich. Einmal erwischte sie der Professor: «Schwester, was suchst du hier?» «Ich will die Vorlesung hören.» «Warum, bist du nicht mit dem zufrieden, was man dir beibringt?» Er sah, daß sie im zweiten Jahr war. An die Manschetten nähten sie jedes Jahr eine neue, weiße Litze. Im vierten Jahr trugen sie die weiße Uniform. «Ich will mehr wissen, ich habe keine Bücher, und hier kann ich mir Aufzeichnungen machen.» «Warum hast du keine Bücher?» «Ich habe keine.» «Setz dich hin. Ich will von dir aber nichts hören. In dein Heft kannst du schreiben, was du willst, aber sei wie ein Schatten. Du darfst nicht fragen und nicht mitmachen.» «Ich weiß, ich drücke mich schon seit drei Wochen in der Ecke herum.» Nach der Stunde, als schon alle aus dem Hörsaal gegangen waren, winkte der Lehrer sie zu sich. «Warum hast du keine Bücher? Warum sprichst du nicht mit der Oberschwester?» «Will ich nicht. Meine Aufzeichnungen genügen mir, damit lerne ich. Und die Mädchen leihen sie sogar von mir aus.» Bei einer der nächsten Vorlesungen, als sie ohne Aufsehen hinter den anderen Platz genommen hatte, kam der Professor zu ihr und überreichte ihr ein Paket. Sie packte es erst nach der Vorlesung aus. Es enthielt eine Enzyklopädie der inneren Medizin, eine der Orthopädie sowie verschiedene Handbücher.

Im zweiten Jahr der Schwesternausbildung steckte man sie alle drei Monate in eine andere Abteilung, damit sie auf allen Gebieten der Medizin Erfahrungen sammeln konnte. In die orthopädische Abteilung brachte man eines Tages einen drusischen Soldaten, der bei einem Zusammenstoß an der Grenze verletzt worden war. Eine Maschinengewehrgarbe hatte seine rechte Hand getroffen. Man wollte den verletzten Körperteil mit einer Knochentransplantation retten. Sie entfernten ein Stück aus seinem Hüftknochen, und versuchten, es fünf bis sechs Zentimeter über der Handwurzel einzupflanzen. Der Versuch schlug fehl. Der Organismus stieß den verpflanzten Knochen ab, der Knochen begann zu faulen. Die Ärzte sagten, man müsse den ganzen Arm bis zum Ellenbogen amputieren. Es könne Jahre dauern, bis sich herausstellen würde, ob die Knochenfäulnis geheilt werden könne oder nicht. Sie bot an, die Sonderbehandlung zu übernehmen. Professor Spiro, der Leiter der orthopädischen Abteilung, sagte, daß der Verband stündlich gewechselt werden müsse, ein bestimmtes Desinfektionsmittel auf die Wunde aufgetragen und ständig Umschläge gemacht werden müßten. Dafür habe das Krankenhaus leider zuwenig Kapazitäten. Auch sei der Erfolg einer solchen Behandlung nicht hundertprozentig sicher, daher sei es besser, den linken Arm gleich zu amputieren.

Sie wollte die Pflege übernehmen. Der drusische Junge lag in einem Sonderzimmer, in dem nur ein Bett und der Nachtschrank Platz hatten. Als man ihr Angebot nicht annehmen wollte, verbarrikadierte sie mit dem Bett, in dem der Druse lag, die Tür und setzte sich zu ihm auf den Bettrand. Das Zimmer hatte nur ein kleines, vergittertes Fenster – das Krankenhaus war früher eine englische Festung gewesen. Durch das Fenster entleerte sie die Bettpfanne. Beide hatten beschlossen, so lange in einen Hungerstreik zu treten, bis man ihr erlauben würde, den Jungen zu pflegen, und die Ärzte sich bereit erklären würden, alles zu tun, um die Hand des Jungen zu retten – bis Professor Spiro ihr erlauben würde, den drusischen Jungen auch nach der Arbeit zu betreuen.

Drei Tage aßen und tranken sie nichts. Schließlich gaben der Professor und die Kommandantur des Krankenhauses nach. Sechs Wochen lang wechselte sie jede halbe Stunde den Verband. Die Hand wurde gerettet. Natürlich heilte sie nicht vollkommen. Aber alles war besser als eine Prothese. Bald konnte der Junge sein Besteck halten und sich selbst ein Streichholz anzünden, wenn er rauchen wollte. Er konnte sogar ganz leichte Dinge heben. Der Junge trat später zum Judentum über, er heiratete eine Schwester aus dem Krankenhaus, sie bekamen drei Kinder. Invaliden Veteranen wollte man Arbeitsmöglichkeiten verschaffen, so daß sie sich ihren Lebensunterhalt verdienen konnten. Manche bekamen eine Taxilizenz, andere erhielten eine Trafik oder einen Waschsalon. Dieser Junge bekam, als er nach anderthalbjähriger Behandlung und Rehabilitation in das Zivilleben zurückkehrte, auf einem verkehrsreichen Platz von Tel Aviv einen Delikatessenladen, den er dann um einen Obst- und Gemüsehandel erweiterte. Den Rolladen des Geschäftes konnte er alleine weder raufziehen noch runterlassen, die Nachbarn halfen. Alle hielten den Veteranen, der über die meisten Heldenauszeichnungen Israels verfügte, in hohen Ehren. Als sie den Kurs schon beendet hatte und arbeiten ging, richtete sie es immer so ein, daß sie auf dem Weg zur Arbeit oder nach Hause am Delikatessenladen vorbeikam. Sie wollte sehen, wie ihr früherer Patient zurechtkam und ob er Hilfe brauchte. Eines Morgens sah sie, wie ein Polizist den Jungen an der verletzten Hand zerrte. Ein Spediteur hatte einige Kisten Obst auf dem Bürgersteig vor dem Laden abgestellt und der Junge konnte die Ware nicht alleine in den Laden bringen. Er wartete auf einen Bekannten, der ihm helfen sollte. «Bring sofort die Kisten hier weg, sonst gibt's 'ne Anzeige!» forderte ihn der Polizist auf. «Ich kann sie nicht alleine heben, meine Hand ist verletzt, nur eine ist gesund.» Der Polizist packte die verletzte Hand, die er durch den starken Druck auch hätte brechen können. Da kam sie dazu. «Läßt du wohl seinen Arm los?» «Was geht dich das an? Wie kommst du dazu, einem Polizisten Vorschriften zu machen?» Der verkrüppelte Arm war schon ganz blau. «Entweder läßt du los oder es gibt Ärger!» Sie wartete die Antwort nicht ab. Sie war ein sehr kräftiges Mädchen und trat dem Polizisten zwischen die Beine. Als er sich zusammenkrümmte und laut schrie, verpaßte sie ihm einen Schlag unters Kinn. Dabei schrie sie: «Dein Frühstück wirst du im Krankenhaus ausscheißen.» Bald darauf kamen ein Polizeiwagen und ein Krankenwagen. Ein Polizeijeep brachte sie auf die Wachstube. Man verhörte sie und setzte sie schließlich gegen Kaution auf freien Fuß. Sie hatte noch immer ihre langen Zöpfe. Bei der Verhandlung stand sie in einem schwarzen Kleid mit weißem Kragen vor dem Richterpult. Der Richter neigte sich zum Staatsanwalt hinüber und fragte, ob dieses Mädchen wirklich die Angeklagte sei. «Sind die Akten nicht vertauscht worden?» «Ganz sicher nicht, hier ist auch der Polizist, der sieben Wochen im Krankenhaus war.» Sie bekam drei Monate auf Bewährung und eine Geldstrafe von fünfundzwanzig Piastern. Die Freundschaft mit dem drusischen Jungen hält bis heute.

Ihr Bruder hatte inzwischen abgemustert und im Rang eines Stabsfeldwebels beim Grenzschutz unterschrieben. Er war also Berufssoldat geworden. Er bekam nun richtigen Sold. Samstags lud er sie auf seinen Stützpunkt ein, sie konnte im Zimmer eines befreundeten Soldaten übernachten. Im Frühling lieh er manchmal das Pferd des Freundes aus, sie galoppierten dann zu zweit über die von Mohnblumen bedeckte Wüste. Eines Tages trat der Bruder auf sie zu und sagte, daß es Zeit für das Versöhnungsfest sei. Sie solle die Mutter besuchen.

Die Mutter lebte in einer Wohnung, die nicht sehr sauber war. Angeekelt betrat sie das Haus. Die vier Söhne des Mannes der Mutter gingen in eine Jeschiwa*, deshalb traf sie sie nicht an. Jeden Monat bekam sie Bons, mit denen sie in den Soldatenläden einkaufen konnten. Sie hatte die Bons mehrere Monate gesammelt und Schokolade, Neapolitanerküsse und andere Süßigkeiten für die Mutter gekauft. Auch einen großen Strauß Blumen hielt sie in der Hand. Die Mutter lag auf einem schmutzigen Bett und las. «Servus, Mutter.» Die Mutter sah vom Buch auf, sie schlug es nicht zu und erhob sich auch nicht vom Bett. Sie stellte ihre Geschenke ab, drehte sich um und ging. Es war Wochenende, sie hatte Freitag und Samstag Urlaub. Sie kam schon nach drei oder vier Stunden ins Krankenhaus zurück. Da sie eine Militäruniform trug, ging das Trampen schnell. Eine Schwester namens Phillis wohnte im Nachbarzimmer, die bot ihr oft Kaffee an. Wenn sie ein Paket aus ihrer Heimat Südafrika bekam, wollte sie ihr immer etwas abgeben, unter Vorwänden wie: «Das ist mir zu klein, dir steht das besser.» Manchmal nahm sie etwas an. Phillis schaute zufällig aus der Zimmertür. «Was machst du hier? Du hast doch Urlaub? Du bist doch zu deiner Mutter gefahren? Nach Maka? Was ist passiert?» «Ich bin zurückgekommen.» Phillis bat sie zu sich rein und machte ihr Kaffee. Sie hatte viele Jahre nicht geweint, jetzt brach es aus ihr heraus. «Beruhige dich, beruhige dich, Kleines.» Aber sie konnte sich nicht beruhigen. Man mußte den Madrich rufen und ihr eine Beruhigungsspritze geben.

Die vier Jahre, die sie in der Schwesternausbildung verbracht hatte, waren im Flug vergangen, schon stand sie bei der Abschlußfeier. Ihr Bruder hatte nicht kommen können, er hatte Dienst. Was war das für ein Gefühl. Alle hatten jemanden dabei, doch sie war allein. Nur der Medizinprofessor, der ihr erlaubt hatte, in seinen Vorlesungen zu sitzen, und ihr Bücher gegeben hatte, war gekommen. Er nahm ihr Diplom entgegen. Es war Brauch, daß man das frische Diplom jemandem in die Hand drückte. So gab sie es ihm.

Am meisten bedauerte sie, daß ihr Vater nicht da sein konnte.

Sie schloß mit der höchsten Auszeichnung ab. Sie war die beste von hundertfünfzig Mädchen. Alle küßten sie, jeder drückte ihr die Hand, jeder umarmte sie. Die Oberschwester bezeichnete sie als Vorbild.

Da sie nicht wußte, wohin sie gehen sollte, blieb sie im Schwesternwohnheim und arbeitete weiter, in einem weißen Kittel wie die anderen Schwestern. Nach drei Wochen besuchte sie für zweieinhalb Monate einen Offizierskurs. Mit einer Waffe konnte sie schon umgehen: Das hatte sie in einem früheren Kurs gelernt. Im Offizierskurs lernten sie militärisches Verhalten. Topographie, Landes- und Kartenkunde waren Hauptfächer. Als sie dann einrückte, wurde sie einer speziellen Einheit zugeteilt, die aus Drusen, Tscherkessen, Beduinen und nur sehr wenigen Juden bestand. Sie begleitete die Einheit als Sanitäterin.

Eigentliche Aufgabe der Wüsteneinheit war die Spurensuche. Sie verjagten die Fedajin, die die Kühe der Kibuzzim, Wasserleitungen und Bewässerungsrohre stahlen, die mordeten und Minen legten. Der Siur* fuhr mehrfach auf Minen. Es wurde viel geschmuggelt. Die Schmuggler brachten Haschisch und anderes Rauschgift aus Ägypten nach Jordanien oder Porzellan aus Persien, welches die Beduinen in Israel absetzten. Die Einheit bestand aus fünfzig Mann. Stützpunkt war der Kibbuz Jeruham, unweit von Dimona in der Wüste Negev. Von dort erhielten sie Befehl, wohin sie auf Patrouille ausrücken mußten, was zu tun war und für welchen Abschnitt sie verantwortlich waren. Sie lebten in Holzbaracken mitten in der Wüste. Die Schlafbaracken, der Speisesaal und das Krankenhaus waren voneinander getrennt. Luxus gab es keinen, gelegentlich eine warme Dusche, wenn das Wasserreservoir aufgefüllt war. Für die Wäsche war jeder selbst verantwortlich. Sie war die einzige Frau im Lager. Sie war schon früher den Männern aus dem Weg gegangen. Sie litt sehr, weil sie fürchtete, daß das, was mit ihrer Mutter passiert war, sich an ihr wiederholen könnte, daß eine Ehe nicht gut gehen würde.

Sie konnte sich verteidigen. Einmal bügelte sie gerade ihre Uniform, als ein gleichaltriger Junge zu ihr kam und seine Hand auf den Rock legte. Nicht auf den, den sie trug, sondern auf den auf dem Bügelbrett. Sie sagte ihm, er solle die Finger wegnehmen, er störe sie beim Bügeln. Sie drohte, ihm mit dem Bügeleisen die Finger zu verbrennen. Der Junge neckte sie trotzdem weiter und langte ein zweites und drittes Mal auf den Rock. Beim vierten Mal verbrannte sie ihm die Hand. Sie ließ sich nichts gefallen. Von da an wußte jeder, daß man mit ihr nicht anbandeln konnte. Im Militär stand sie ihren Mann. Aber sie hielt die Männer von sich fern.

Sie patrouillierten mit dem Jeep, sie aber stieg nur selten in das Auto. Sie galt als Maskottchen der Einheit. Sie ging zu Fuß hinter den anderen, das Gelände kannte sie gut. Wenn sie einen verdächtigen Stein fanden, untersuchte sie ihn zuerst. Das Wüstenleben war nicht einfach, aber sie hatte sich eingelebt. Es gab nur Sand, Sand und noch mal Sand, Steine und Steine, gelber Sand und wieder Sand, Sand zu Frühstück, Mittag und Abendessen. Sie blieb immer bei den Soldaten, um sofort helfen zu können, falls einer verletzt würde. Das half nicht immer. Einmal bog sie mit dem Fährtensucher in ein Wadi, der Jeep folgte weiter dem Pfad. Kurz darauf hörten sie eine Explosion. Der Jeep war in viele Teile gerissen worden. Keine Überlebenden. Sie sammelten die Toten ein und brachten sie ins Lager zurück.

Der Sinai-Krieg brach aus. Sie kam als OP-Schwester in ein Feldlazarett. Hier versorgte sie Verwundete, die man nicht ins Hinterland bringen konnte. Man hatte in der Wüste ein Zelt aufgestellt, in dem man auch operieren konnte. Sie sah schreckliche Dinge: Menschen, denen der halbe Kopf von einer Granate abgerissen worden war, Menschen, die erblindet waren. Sie mußten viele Arme und Beine amputieren. So ist der Krieg.

Als der Krieg von 1956 zu Ende ging, schickte man sie nach Jeruham zurück. Man wollte sie in die Gesundheitsabteilung eines Regiments versetzen. Das wollte sie nicht. Sie könne in der Wüste mehr leisten. Das andere könne jede Krankenschwester. Die Wüste sei anders.

Sie hatte ihre Mutter etwa drei Jahre nicht gesehen. Sie hörte im Radio, daß dort, wo ihre Mutter lebte, alles überschwemmt sei, weil es tagelang geregnet hatte. Das Wasser würde anderthalb Meter in den Wohnungen stehen. Sie hörte es eher zufällig, sie kam nur selten in die Nähe eines Radios. Transistorradios gab es noch nicht. Sofort wandte sie sich an den Kommandeur und erzählte ihm, was geschehen war. Da sie seit drei Monaten keinen Urlaub gehabt hatte, durfte sie sich das große Pumpfahrzeug ausleihen. Sie bekam sogar einen Chauffeur dazu. Die Fahrt von Jeruham dauerte drei Stunden. Sie ging in das Haus ihrer Mutter. «Mutter, ich bin gekommen, um das Wasser abzupumpen.» Die Mutter und ihr Mann hatten ihre Habseligkeiten auf das Bett gepackt. Alles stand unter Wasser. Sie begannen mit dem Abpumpen. Die Mutter sagte nichts. Sie kam sich wie eine Fremde vor. Die Mutter nahm die Hilfe einfach an. Keine Fragen. Nichts.

Sie verabschiedete sich. Sie ging zurück in die Kaserne, in die Wüste. Sie beendete ihre aktiven Jahre und musterte im Range eines Leutnants ab.

Sie beschloß, sich nicht mit der Krankenschwesternausbildung zu begnügen, sondern ein OP-Diplom zu erlangen. Deshalb zog sie wieder in das Krankenhaus, in dem sie zusammen mit den anderen Schwesternschülerinnen wohnte. Sie lebte wie damals, als sie das Schwesterndiplom gemacht hatte. Wohnheim, Kantine, Arbeit, Bereitschaftsdienst. Anderthalb Jahre lebte sie mehr im Operationssaal als sonstwo. Unterdessen wurde sie zur Oberschwester der orthopädischen Abteilung ernannt.

Der Bruder und seine Freunde aus der Armee drängten sehr darauf, daß sie heiratete. Sie lernte einen Jungen kennen, der aus dem Irak stammte. Er war Techniker in einer Flugzeugfabrik. Sie trafen sich an einem Freitagabend bei einer Schwester aus dem Krankenhaus, die einige Bekannte eingeladen hatte. Da sie frei hatte, ging sie hin. Es sah so aus, als hätten die anderen das Treffen arrangiert. Nach sieben Wochen beschlossen sie, daß sie zueinander gehörten, und sie wurde seine Frau.

Ihr Mann war noch im Irak geboren, er hatte vier Brüder und zwei Schwestern. Die Familie war gegen die Hochzeit, weil sie aschkenasischer Herkunft* war. Sie hätten gerne eine Frau aus einer sefardischen* Familie gehabt. Der Junge war bereits mit einer seiner Cousinen verlobt.

Sie hatte nie Verlangen nach Männern gehabt. Trotzdem wagte sie den Schritt in die Ehe. Vielleicht würde es gut gehen. Sie würde Kinder haben und mit den Kindern ihr Glück finden. Sie beschloß, eine sehr gute Ehefrau zu sein. Gläubig, bescheiden, sie würde alle Pflichten einer Frau auf sich nehmen. Sie dachte nicht lange nach und unterwarf sich dem gesellschaftlichen Druck. Sie dachte: wir können unser Leben teilen, wir werden ein schönes Leben führen, Kinder haben und alles wird in bester Ordnung sein. Sie war siebenundzwanzig Jahre alt, sie war schön, und sie dachte, daß die Ehe gut gehen würde. Sie würden sich lieben und aneinander gewöhnen. Sie würden ihr Leben miteinander verbringen.

Sie wollte schwanger werden, und bald wurde sie es auch. Aber im sechsten Monat bemerkte sie eines Tages, daß das Kind in ihrem Leib sich nicht mehr rührte. Sie suchte den Arzt auf. Bei der Untersuchung stellte man fest, daß der Embryo nicht mehr lebte. Man mußte ihn entfernen, weil er schon in ihrem Körper verweste. Das wiederholte sich noch fünfmal.

Abgesehen davon war alles in Ordnung. Sie führten ein schönes Leben. Sie wollten ein Kind. Inzwischen hatte sich aber herausgestellt, daß ihre Gebärmutter unterentwickelt war und sich nicht den Stadien der Schwangerschaft anpassen konnte. Einmal lag sie fünf Monate im Krankenhaus. Trotzdem verlor sie das Kind. Beim fünften Mal klebte der Embryo an der Gebärmutterwand. Man machte einen Kaiserschnitt, um ihn herauszukratzen. Sie nahmen einen Eierstock heraus. Den zweiten mußten sie später herausnehmen. So konnte sie nicht mehr schwanger werden.

Bei der Untersuchung des Gewebes stellte sich heraus, daß die Deutschen ihnen damals im Lager ein Hormonpräparat ins Essen gemischt hatten. Das hatte zur Folge, daß die Monatsblutung der Frauen ausblieb und die Männer zeugungsunfähig wurden. Damals war sie noch zu jung, um völlig unfruchtbar zu werden, doch ihre Gebärmutter entwickelte sich nicht weiter. Sie blieb die einer Zwölfjährigen. Eine Freundin aus dem Waisenhaus in Szeged hatte ein ähnliches Problem. Sie konnte erst nach der zehnten Empfängnis einen Jungen zur Welt bringen. Bei der Geburt mußte man einen Kaiserschnitt machen. Sie kam beinahe ums Leben. Danach konnte auch sie keine Kinder mehr bekommen.

Ihr Mann wollte sich scheiden lassen, weil er ein Kind wollte. Als sie vorschlug, eines zu adoptieren, war er dagegen. Er sagte, er wolle keine fremde Frucht großziehen, denn er könne ja Kinder haben.

Noch vor der Hochzeit hatte sie mit ihrem Mann beschlossen, den Vater nach Israel zu holen. Ihre Mutter war dagegen gewesen. Sie hatte es schon früher versucht, aber von ihrem Bruder erfahren, daß die Mutter nichts davon hören wollte. Vor zwei Zeugen hatte sie behauptet, daß ihr Mann nicht von der Deportation zurückgekehrt sei. Sie wollte wieder heiraten. Sie wußte aber, daß er zurückgekehrt war, und auch, daß er wahrscheinlich noch am Leben war. Den Bruder bat sie, darüber zu schweigen. Die Mutter hatte ja schon in Ungarn, in Szeged, nicht gewollt, daß der Vater ihnen folgte. Sie wollte die Last nicht alleine auf sich nehmen, denn der Vater war alt und litt unter Asthma. Seit dem Lager lebten sie getrennt.

Damals hatte sie einen Brief vom Vater erhalten. Sie hatte seit 1945 nichts von ihm gehört. Der Brief des Vaters war fast fünf Jahre unterwegs gewesen, als er sie 1958 endlich erreichte. Der Vater schrieb, daß er gerne zu seinen Kindern nach Israel käme, er sich aber vor der Seereise fürchte.

Sie malte sich aus, wie sie eine kleine Wohnung mieten würde, arbeiten ginge und den Vater versorgen würde. Bis zu diesem Brief hatte sie keinen Kontakt mehr nach Ungarn gehabt. Sie dachte selten an Ungarn. Schlechte Kindheit, schlechte Zeiten. Sie verdrängte alles, nur den Vater vergaß sie nicht. Ihr neues Leben hatte für sie in dem Moment begonnen, als sie die blau-weiße Uniform angezogen hatte. Alles andere war schon zu Ende. Das redete sie sich ein. Der Brief des Vater trug als Absender die Adresse eines Altersheimes in Mohács. Der Verwalter antwortete ihr, daß der Vater vor zwei Jahren, 1956, gestorben sei. Nach 1956 kamen nochmals viele ungarische Juden ins Land.

Sie ging mit ihrem Mann zum Rabbinat, weil er sich wegen ihrer Kinderlosigkeit scheiden lassen wollte, obwohl sie ein schönes und ruhiges Leben geführt hatten. Sie hatten sehr zurückgezogen gelebt, manchmal waren sie ins Kino oder ins Theater gegangen. Sie hatten Ausflüge gemacht. Sie hatten nicht viel Zeit für einander gehabt, denn eine Schwangerschaft war der nächsten gefolgt. Die acht Jahre ihrer Ehe waren schnell vergangen. Sie hatten alles versucht. Die Ärzte hatten ihr schon längst abgeraten, doch sie hatte die Hoffnung nicht aufgeben wollen.

Sie mußte aufhören, sich wegen ihrer sexuellen Probleme zu schämen. Sexualität machte ihr keine Freude, denn es verursachte immer Schmerzen. Sie litt. Durch die im Lager ins Essen gemischten Hormone war auch ihre Scheide sehr klein geblieben. Die Ärzte rieten ihr, sich einen Anwalt zu nehmen und die Deutschen auf Schadenersatz zu verklagen. Sie überlegte es sich, ließ es dann aber. Für ihre zahlreichen körperlichen Leiden gab es keinen Schadenersatz. Sie würde es seelisch nicht verkraften, sich von dem Geld einen Teppich, ein Auto oder einen Kühlschrank zu kaufen. Sie verzichtete darauf. Wenn es ein Jenseits geben sollte, dann haben die Deutschen auf dem Gewissen, was ihr widerfahren ist. Sie war bereit zu verzeihen, in der Hoffnung, daß jeder Mensch seine Strafe oder seine Belohnung bekommen würde.

Sie wurde geschieden und stürzte sich wieder in ihre Arbeit. Ihr Mann ging zurück zu seiner Familie. Bald darauf hörte sie von gemeinsamen Bekannten, daß er wieder verlobt sei, später, daß er geheiratet habe. Bei einer anderen Gelegenheit erfuhr sie, daß er eine Tochter bekommen hatte. Er hatte sein Ziel erreicht. Einmal traf sie ihn zufällig am Toten Meer. Sie grüßten sich. Während des Golfkrieges rief sie an, um sich zu erkundigen, ob sie was abbekommen hätten, er und seine Familie wohnten in dem Gebiet, das am heftigsten bombardiert worden war. «Alles in Ordnung, nichts besonderes.» Wie die zwei Juden, die sich gegenseitig fragen: «Kol beseder?»*

KURZ nachdem ihr Mann sie verlassen hatte, suchte sie einer ihrer Kommandeure auf. Er schlug ihr vor, zurück in die Armee zu kommen. Der Kontakt zu den alten Kameraden war nicht abgebrochen. Sie wurde zu Hochzeiten in deren Dörfer eingeladen. Sie ging zurück. Zurück in die Vergangenheit. Zurück in die Wüste.

Die Zeit verging, der Sechs-Tage-Krieg brach aus. Krieg war für sie nichts Neues. Sie arbeitete wieder als Pflegerin. Sie hatte noch nie einen Menschen getötet. Sie hatte nie eine Waffe benützt. Egal, wo Blut fließt, es ist immer rot. Vor Gott sind wir alle gleich. Wir sind aus Gottes Geist geboren ohne jeden Unterschied. Es gibt keinen Unterschied zwischen dem Blut eines Arabers, Juden, Christen oder dem Blut eines weißen, schwarzen oder gelben Menschen.

Anderthalb Kilometer hinter der Front stellten sie ein Feldlazarett auf, dorthin wurden die Verwundeten gebracht. Ihr Kommandeur erlaubte ihr nicht, an die Front zu gehen, obwohl es zuwenig Sanitäter gab. Sie übertrat den Befehl. Sie ließ die Verwundeten in die Ambulanz legen und in das Feldlazarett bringen. Als sie einmal Erste Hilfe leistete, wurde direkt neben ihr ein Soldat von einem Splitter in die Hauptschlagader getroffen. Sein Blut floß in Strömen. Einer plötzlichen Eingebung folgend nahm sie eine Sicherheitsnadel aus ihrem Rock und steckte damit Haut und Ader zusammen. Mit dem Druck des Fingers stillte sie die Blutung, denn sie wußte, daß der Soldat sterben würde, wenn weder Blut noch Sauerstoff ins Gehirn gelangen könnten. Sie brachten ihn zur Ambulanz und übergaben ihn dem Arzt. Eine Stunde später, als sie zurückkamen, war er schon operiert, die Ader war zusammengenäht worden. Er überlebte.

Trotz Chaos und Lärm bemühte sich jeder, seine Aufgabe zu erfüllen. Das nächste Mal erlaubte ihr der Kommandeur, mit den Sanitätern an die Front zu fahren. Ihr Fahrzeug hatte einen Motorschaden. Sie ging zur Motorhaube, die der Chauffeur geöffnet hatte, um nachzusehen, was los sei. Der Motor dröhnte, wollte aber nicht anspringen. Da hörte sie eine Explosion und ein Pfeifen. Der Soldat neben ihr brüllte: «Deckung!» Sie wußte, daß es in der Nähe einschlagen würde. Sie sah das Geschoß, eine Geschützkugel. Sie warf sich auf den Chauffeur, der wegen des Motorenlärms nichts hörte. Er fiel zu Boden, sie auf ihn. Sie bekam siebzehn Splitter ab.

Sie hatte häßliche Verwundungen. Die Splitter hatten ihren Rücken verletzt, die Wirbelsäule; ein Splitter war bis in den rechten Lungenflügel gedrungen. Man brachte sie in das Feldlazarett, wo sie sofort operiert wurde, dann kam sie in das Bellington-Krankenhaus, in dem sie zur OP-Schwester ausgebildet worden war. Die Ärzte kannten sie. Mit einem drusischen Offizier hatte sie ein Abkommen getroffen. Sie hatten einander geschworen, daß, wenn einer von ihnen ernsthaft verletzt werden würde, gelähmt oder an den Rollstuhl gefesselt, der andere ihm die Pistole geben würde. Das hatten sie einander noch vor dem Krieg geschworen. Der Druse besuchte sie. Sie glaubte, daß sie wegen der Wirbelsäulenverletzung von der Hüfte abwärts gelähmt bleiben würde. Weil sie sich schließlich doch erholte, benötigte sie die Pistole nicht.

Als man sie aus dem Krankenhaus entließ, wollte man sie für schwerbehindert erklären. Sie hätte dann aber nicht mehr in den Dienst zurückkehren können. Sie kämpfte hart darum, weiterhin Soldatin bleiben zu können und erreichte ihr Ziel. Sie ging zurück in die Armee zu ihrer Einheit. Der Krieg war zu Ende. In den besetzten Gebieten wurden Patrouillen gebraucht. Sie beschloß, sich um die Beduinen zu kümmern.

Wie es der mohammedanische Glaube verlangt, wurden die Jungen, sobald sie dreizehn waren, beschnitten, wie bei den Juden, acht Tage nach der Geburt. Die Beschneidung wurde nicht unter ärztlicher Aufsicht, sondern von einem mohammedanischen Kadi durchgeführt. Die Kinder bekamen oft Entzündungen, einmal mußte sogar ein Penis amputiert werden. Sie beschloß, zu den arabischen Stämmen zu fahren. Man hatte nichts dagegen, daß sie nicht weiter patrouillieren, sondern den Beduinen helfen wollte. Viele litten an Augenentzündungen, Kropf und Blattern. Die Mädchen heirateten schon mit fünfzehn oder sechzehn Jahren, die Kindersterblichkeit war hoch, die Mütter starben oft während der Geburt infolge der unhygienischen Zustände.

Die Stämme hatte sie während ihrer Patrouillen kennengelernt. Sie bevölkerten den Sinai und nahmen die israelischen Soldaten gut auf, da diese ihnen oft Lebensmittel gaben oder ihnen halfen, ihre Gesundheitsprobleme zu lösen. Auch lebten sie jetzt freier als unter der ägyptischen Herrschaft.

Sie machte viele Ausflüge in die Sinaiwüste. Die Sonnenuntergänge waren wunderschön. Die Berge hatten jeden Tag eine andere Farbe, mal waren sie rot, gelb, blau, rosa oder lila. Würde es einem Maler gelingen, diese Wüstenfarben auf eine Leinwand zu bringen?

Ihr Lager war in Nir Cada, ungefähr fünfunddreißig Kilometer vom Suezkanal entfernt. Sie ging alleine und nur mit ihrer Tasche zu den Stämmen. Sie hatte jetzt eine Pistole, denn in der

Sinaiwüste gab es Hyänen und Giftschlangen. Manchmal begleiteten sie ein paar Beduinenjungen auf ihrem Weg von einem Stamm zum anderen. Sie wurde immer mit großen Ehren empfangen, oft lieh man ihr einen Esel oder ein Kamel.

Weil sie unter Drusen gedient hatte, konnte sie gut Arabisch. Die Drusen stammten aus Syrien, ihre Muttersprache war Arabisch, Hebräisch war ihre Zweitsprache. Von ihnen hatte sie Arabisch gelernt. Bei den Nomadenstämmen färbte dann der Beduinendialekt auf ihr Arabisch ab.

Sie half bei vielen Geburten. Sie heilte Augenentzündungen, eitrige Wunden, Brüche und Verrenkungen. Man rief sie auch zu Beschneidungen. Sie war jeden Morgen ab sechs auf den Beinen, ging von Zelt zu Zelt. Man empfing sie mit Brot und Öl, den Zeichen größter Ehrerbietung. Die Beduinenfrauen waren verschleiert, sie trugen einen Ring in der Nase, und ihre Gesichter waren tätowiert. Da ihre Soldatenkleidung sehr warm war, wählte sie eine weiße Uniform und ein Häubchen, das sie vor der brennenden Sonne schützte. Bald nannte man sie die zweite Mutter Theresa.

Tiefe Freundschaft verband sie mit den Beduinen. Einmal wurde ein Kind ins Feldlazarett gebracht. Eine Bluttransfusion war dringend nötig, man suchte einen Spender. Sie hatte die richtige Blutgruppe und spendete einen dreiviertel Liter Blut. Die Nachricht verbreitete sich unter den Beduinen. Sie sagten, sie wäre ihre Blutsschwester.

Aber das Leben bestand nicht nur aus solch friedlichen Bildern. Unweit von Nir Cada lag eine Ölquelle, an der man Probebohrungen durchführte. Drusen bewachten die Quelle, keine Soldaten, sondern Zivilisten, die dafür bezahlt wurden. Sie sorgten auch für ihre Sicherheit. Sie hatten verabredet, mit dem Ein- und Ausschalten einer elektrischen Lampe zu signalisieren, wenn es Schwierigkeiten geben sollte. Das konnte man von weitem sehen, weil der Bohrturm sich auf einem Hügel befand. Einmal waren sie in die sechs Kilometer vom Stützpunkt entfernte Kantine gefahren. Zu fünft saßen sie im Kommandeurswagen. Der Einkauf hatte nicht länger als eine Dreiviertelstunde gedauert, trotzdem war sie beunruhigt. Sie glaubte, Lichtsignale vom Bohrturm gesehen zu haben; die anderen sagten, daß sie sich täusche. Auf dem Rückweg bat sie den Chauffeur, schneller zu fahren, weil sie spürte, daß ein Unheil in der Luft lag. Sie kamen im kleinen Lager an und suchten nach ihren Leuten. Im Eßzelt fanden sie einen Wächter. «Was ist passiert?» Er konnte nicht antworten, er hatte einen Schock. Sie ging auch in die anderen Zelte, fand aber niemanden. Schließlich ging sie in die Duschen, dort fand sie die drei Vermißten, in Stücke gehackt, tranchiert. Ihre Köpfe, Arme und Beine waren abgeschnitten, die Bäuche aufgeschlitzt, die Geschlechtsteile in den Mund gestopft. Blut, Blut und nochmals Blut. Welcher Kopf, welcher Körper gehörte wohin? Es war schwer, die Toten den Familien zu übergeben. In jeden Sarg zwei Arme, zwei Beine, einen Körper und einen Kopf. Sie waren nicht sicher, welcher wohin gehörte. Sie schworen Rache.

Es war die Zeit, in der die Fedajin ins Land kamen. Nachts, im Schutze der Dunkelheit, kamen sie aus Ägypten oder von jordanischem Gebiet durch die Wüste. Sie stahlen und mordeten. Die Särge wurden unter Armeegeleitschutz nach Dalia und Ishtfyana, zwei drusischen Dörfern am Berg Karmel gebracht. Sie übergaben die Särge den Familien, nachdem sie die Familienoberhäupter auf das Schreckliche vorbereitet und erzählt hatten, was passiert war. Die Drusen schworen den Fedajin blutige Rache. Es meldeten sich viele Freiwillige für die drusische Einheit. Sie hörte davon, daß sie zurückschlugen.

Auch sie vergaß den Schwur nicht. Bei einer Patrouille entdeckten sie ein sechsköpfiges Eindringlingskommando. Sie eröffneten das Feuer, vier kamen ums Leben, zwei waren schwer verletzt. Sie ging an dem einen vorbei, zu dem anderen, um auch ihn anzusehen. Der zog sie am Rock und röchelte: «A tschaan», bitte Wasser. In diesem Augenblick vergaß sie den Schwur. Die Krankenschwester in ihr konnte nicht anders, als ihm zu trinken zu geben.

Sie hob seinen Kopf und flößte ihm aus einer Feldflasche Wasser ein. Sie verband ihn. Auf ihre Bitte hin wurden beide in das Feldlazarett gebracht. Dort versorgte man sie wie israelische Soldaten.

Wenn zwei Stämme um eine Quelle oder eine Herde stritten oder unter den Hirten Streit ausbrach, bewarfen sie sich oft mit Steinen, manchmal gab es Tote. Dann folgte die Blutrache, die immer neue Opfer forderte. Es war schwer, die Kette zu durchbrechen, außer wenn es zur Sulhaa, zur Versöhnung kam. Die Sulhaa bestand darin, daß die beiden verfeindeten Stämme sich zu einem großen Mahl trafen, und ein Junge aus dem einen Stamm ein Mädchen aus dem anderen heiratete. Durch die Vermischung des Blutes konnte der Friede wiederhergestellt werden. Die Sulhaa kommt auf Vermittlung zustande. Ihre Vorbereitung ist die Aufgabe der älteren Männer. Da man sie sehr schätzte, wurde sie einmal gebeten zu vermitteln. Für das Mahl schlachtete man fünfzig Schafe, die am Spieß gebraten wurden. Das Fest dauerte sieben Tage. Das Mahl fand in den Lagern beider Stämme statt. Die Zelte lagen oft bis zu zwanzig Kilometer voneinander entfernt. Alle Stammesoberhäupter der Sinaiwüste wurden eingeladen. Niemand wußte, wie viele es waren, und auch nicht, wie viele zum jeweiligen Stamm gehörten. Die Stämme verweigerten eine Volkszählung, weil dies nach ihrem Glauben den Stamm mit einem Fluch belegen könnte.

Beim Festmahl wurde sie vom Stammesoberhaupt gefragt, was sie für ihre Friedensvermittlung wünsche. Sie hatte schon vorher ein sehr schönes, schwarzes Rassepferd gesehen und antwortete, daß sie auf diesem reiten wolle. Man ließ sie auf das Pferd steigen und ritt mit ihr von einem Stamm zum anderen und zurück. Das war eine große Ehre, denn Frauen war es normalerweise nicht erlaubt, auf ein Pferd zu steigen. Man ließ sie höchstens auf einem Esel oder Kamel reiten.

Fünfundvierzig Kilometer von der heutigen Stadt Arad entfernt war ein Militärlager. Dort gab es einen Arzt namens Dr. Frank. Dieser hatte beobachtet, daß es dem Koch des Lagers, der unter schwerem Asthma litt, seit seiner Ankunft im Lager von Tag zu Tag besser ging. Seine Kortisondosis konnte täglich reduziert werden, nach zwei Wochen brauchte er überhaupt kein Kortison mehr. Der Arzt setzte sich wegen einer Luftuntersuchung mit dem Meteorologischen Institut in Verbindung: Warum geht es den schwer Asthmakranken besser und was bewirkt ihre schnelle Genesung? Man suchte jemanden, der vor Ort bei der Forschung mitarbeitete. Sie meldete sich freiwillig. Ihre Arbeit bestand darin, täglich einen kleinen Motor zu bedienen. Nach Sonnenuntergang und im Morgengrauen um vier Uhr mußte der Motor genau eingestellt und eine Kapsel ausgetauscht werden. Die Proben aus der Kapsel schickte sie nach Jeruham. Es war die Zeit unmittelbar vor Ausbruch des Sinai-Krieges. Die Resultate zeigten, daß sich in einem Umkreis von sechs Kilometern um das Tote Meer herum eine Luftglocke gebildet hatte, die keine asthmaauslösenden Bakterien hindurchließ.

Dr. Frank faßte seine Forschungsergebnisse in einem kurzen medizinischen Artikel zusammen, der zur Folge hatte, daß bald darauf eine kleine Ansiedlung entstand. Keine Stadt, es gab nur ein paar Baracken. Familien, in denen es oft mehrere Asthmatiker gab, siedelten sich an, oft fühlten sie sich bereits nach wenigen Tagen besser. Wenn sie jedoch zu Besuch nach Tel Aviv zurückfuhren, erlitten sie einen Rückfall. In der Anfangszeit hatte man nur für fünfzig Kinder Platz. Es fehlte an Geld, um ein großes Internat zu betreiben. Per Zeitungsannonce suchte man eine Verwalterin. Sie rief an und wollte die Stelle sofort annehmen. Schließlich war es auch ihr zu verdanken, daß man die heilende Kraft dieses Landstriches entdeckt hatte. Sie dachte, daß ihr, wenn sie schon keine eigenen Kinder bekommen könnte, die asthmakranken Kinder genauso ans Herz wachsen würden. Sie unterschrieb den Vertrag. Das war 1971.

Zwischen 1971 und 1975 wurde die Stadt wunderschön ausgebaut. Sie war die Verwalterin und gleichzeitig die Oberschwester des Kinderheims. Sie wohnte im Heim und verließ es den ganzen Tag nicht. Selten besuchte sie ihren Bruder. Der Kontakt zu ihm war ihr sehr wichtig, auch nachdem die Mutter zum Bruder gezogen war. So traf sie auch die Mutter wieder, die inzwischen verwitwet war und die geerbte Wohnung verkauft hatte. Den Erlös hatte sie ihrem Sohn gegeben, der so in den Bau eines modernen Hauses investieren konnte. Die Mutter wurde als sechsundfünfzigjährige Witwe noch einmal schwanger. Sie brachte sie zu einem ihr bekannten Frauenarzt, der sie spaßeshalber fragte, ob sie die gesunde Leibesfrucht behalten wolle. Mit sechzig heiratete die Mutter erneut. Ihr Mann war fünf Jahre älter. Er staffierte sie aus, kaufte ihr Bettücher und Brautkleid. Die Ehe dauerte acht Monate. Dann zog sie zu ihrem Sohn zurück. Der Ehemann ging ins Altersheim, starb jedoch zwei Tage später an einem Schlaganfall. Die Mutter erbte auch diese Wohnung.

Einige Jahre vergingen. Bei einem ihrer Samstagsbesuche fuhr ihre Schwägerin sie an: «Deine Mutter läßt uns nicht in Frieden, wir haben keine Minute für uns, ständig ist sie hinter uns her.» Ihr kleinster Neffe schrie dazwischen: «Ich kann meine ungarische Savta* nicht leiden.» Die Schwägerin schrie: «Ich gehe weg, ich laß deinen Bruder hier, lieber laß ich mich von ihm scheiden, als daß ich weiterhin mit diesem Aas unter einem Dach lebe.» Das konnte sie nicht zulassen. Um das Familienleben ihres Bruders zu retten, würde sie die Mutter zu sich nehmen. Wenn die Mutter verspräche, den Namen des Vaters nicht mehr in den Mund zu nehmen, würde sie im Alter für sie sorgen. Was war, sei vergessen. Sie würde sie wie eine alte Frau behandeln, deren Alter sie ehre. Sie fragte sie, was sie gerne zu essen hätte, was sie bräuchte und kaufte ihr die Új Kelet*, weil sie nur ungarisch lesen konnte. Sie hatte weiterhin keine Gefühlsbindung zu ihr. Noch im Alter von achtundsiebzig Jahren benutzte die Mutter Schminke und Rouge.

Erst mit fünfundneunzig brachte sie die Mutter in ein Altersheim und besuchte sie dort alle zwei Wochen.

Der erste Junge ihres Bruders wurde 1960 geboren. Er wurde Gerschon, nach dem hebräischen Namen ihres Vaters, benannt. Die Schwägerin, die während der Schwangerschaft zweiundzwanzig Kilo zugenommen hatte und deren Brüste vom Stillen unförmig geworden waren, vernachlässigte das Kind. Einmal, als sie zu Besuch war, fragte sie, wo das Kind sei. Sie saß auf dem Diwan, aus dem seltsame Töne drangen. Die Schwägerin zuckte nur mit den Achseln. Sie öffnete den Klappdiwan, wo sie das Kind unter der Bettwäsche fand.

Sie bemühte sich, das Kind so oft wie möglich zu besuchen. Als es sieben oder acht Jahre alt war, nahm sie es zu sich. Ihr Bruder war damit einverstanden, denn er wußte, daß der Junge sie liebte. Ihre Schwägerin brachte noch drei Kinder, zwei Jungen und ein Mädchen, zur Welt. Auch zu diesen hat sie bis heute ein sehr enges Verhältnis.

Zuerst brachte sie Gerschon in das Asthmaheim, dann kaufte sie eine kleine Wohnung, die sie liebevoll einrichtete. Der Junge ging in die Grundschule. Selten brachte sie ihn zu Besuch zu seinen Eltern. Mit dreizehn ließ sie ihn zum ersten Mal alleine von Arad nach Tel Aviv fahren. Mit dem Bus dauerte die Fahrt etwa zweieinhalb Stunden. Das Kind fuhr am Freitag nach der Schule los und kam schon am Samstagabend wieder zurück. Als sie ihn umarmen wollte, bemerkte sie eine Beule über seiner Schläfe. Er sagte, er sei hingefallen. Erst nach langem Fragen gab er zu, daß die Mutter einen Holzpantoffel nach ihm geworfen hatte. Danach ließ sie ihn nicht mehr zu seiner Familie gehen.

Der Junge beendete die Grundschule und kam auf das Gymnasium, das er erfolgreich abschloß. Er fing an, in die Höhe zu schießen. Mit fünfzehneinhalb Jahren war er schon Einmeterachtzig groß. Der Arzt sagte, er solle viel Eiweiß zu sich nehmen, und er begann, viel Milch zu trinken. Wenn er durstig war, trank er nur Milch. Eines Tages kam das Milchauto nicht nach Arad. Sie hatte keine Milch und lief die ganze Stadt ab. Es gab damals bereits fünfzehn oder zwanzig Kaufläden, aber keiner hatte Milch. In dem Laden, in dem sie zur Stammkundschaft gehörte, trieb sie eine letzte Flasche Milch auf. Der Kaufmann fragte sie, ob sie noch immer bei den asthmakranken Kindern arbeiten würde. Sie bejahte die Frage, obwohl sie kurz davor war, das Heim zu verlassen. Die ständige Vierundzwanzig-Stunden-Bereitschaft laugte sie physisch und psychisch aus. Sie würde demnächst achtunddreißig Jahre alt werden, und das Militärkommando hatte nachgefragt, ob sie Interesse daran hätte, im Rang eines Hauptmanns zurück in die Armee zu kommen. Sie hatte zugesagt. Ihre dreimonatige Kündigungsfrist war beinahe abgelaufen, und sie suchte bereits einen Nachfolger, der ihre Arbeit fortführen würde.

Der Kaufmann erzählte ihr von einer Familie hier in Arad. Die junge, einundzwanzigjährige Frau wäre gerade an Leukämie gestorben und hätte vier kleine Kinder zurückgelassen. Man würde für sie einen Vormund suchen. Sie antwortete, daß sie die Familie kennenlernen wolle. Der Kaufmann sagte, sie solle um vier am Nachmittag wieder kommen, um diese Zeit würde der Vater der Kinder immer bei ihm einkaufen. Sie lernte den Mann kennen, der französischer Abstammung und fünf Jahre jünger als sie war. Seine Eltern waren von Tunesien nach Frankreich ausgewandert, die Kinder waren alle in Paris geboren. Er konnte kaum Hebräisch, mit dem Kaufmann, der ebenfalls aus Nordafrika stammte, sprach er Französisch.

Als sie die Wohnung des Mannes betrat, blieb ihr die Luft weg. Es herrschte ein fürchterlicher Gestank. Überall lagen schmutzige Windeln und faulende Sachen herum. Man konnte sich nirgendwo hinsetzen. Nachdem seine Frau gestorben war, war der Mann nach Frankreich zurückgefahren. Er hatte gehofft, daß seine Mutter oder eine seiner Schwestern ihm helfen könnten, Arbeit zu finden und er in Paris wieder Fuß fassen könnte. Doch seine Mutter war bereits fünfundsechzig und hatte sich geweigert, die Erziehung der vier Kinder zu übernehmen. Niemand wollte die Kinder trennen, und so kehrte er mit ihnen nach Israel zurück.

Sie schlief bei Manövern nicht gerne auf der Erde, deshalb gaben ihr die Soldaten eine Hängematte, in der sie schlafen konnte. Einmal, es war noch nicht lange her, hatte sie in einem Lager in der Wüste übernachtet. Dort hatte sie einen seltsamen Traum. Sie träumte, sie sei an einem verlassenen Ort und sehr durstig. Sie kam zu einem Zaun, und als sie sich auf die Zehenspitzen stellte, sah sie dahinter einen riesigen Blumengarten, der sich bis zum Horizont erstreckte. Es gab Blumen in allen möglichen Farben und Größen. Sie suchte das Tor und trat ein. Sie stieß auf eine Baracke und klopfte. Als sie die Tür öffnete, sah sie ein überirdisches Licht. In der Baracke saß ein Rabbi mit einem Käppchen. Er hatte große Ähnlichkeit mit dem Propheten Elijahu. «Was suchst du, mein Mädchen?» «Ich bin sehr durstig und bitte um Wasser.» «Geh den Pfad hinunter, aber weiche weder rechts noch links von ihm ab, trample nicht in den Blumengarten! Pflücke auch keine Blumen!

Findest du abgeschnittene Blumen, gehören sie dir!» So machte sie sich auf den Weg. Bald fand sie eine kleine Quelle, schöpfte mit den Händen Wasser und trank. Sie schaute sich um und sah ein Beet, auf dem vier abgeschnittene Gladiolen lagen.

Als das Manöver zu Ende war, besuchte sie ihren Bruder. Der Bruder, der mit dem Oberrabbiner von Holon gut befreundet war, erzählte diesem auf ihr Betreiben den Traum. Der Oberrabbiner sagte: «Die vier Blumen sind vier Kinder. Sie wird vier Kinder bekommen.» Sie wunderte sich, daß der Rabbi so etwas sagen konnte, sie war ja nicht in der Lage, Kinder zu bekommen, und vergaß den Traum bald wieder.

Als sie die Kinder sah, fragte sie den Mann, wo es Wasser und Handtücher gäbe, sie wolle die Kinder baden. Der anderthalbjährige Junge saß auf einem hohen Stuhl, sein Gesicht war von Fliegen bedeckt. Er futterte Trauben. Sie badete den Kleinen zuerst, dann den Größten und schließlich das Mädchen. Sie fragte den Mann, wo das vierte Kind sei. Er verstand die Frage nicht und wandte sich an die über ihm wohnende Nachbarin, die marokkanischer Abstammung war. Dann rief er das Kind, das im Garten neben dem Haus spielte. Der Junge kam nach oben. Sie fragte ihn auf hebräisch, ob er baden wolle. Der Junge verneinte, er hätte Angst, daß ihm Seife in die Augen kommen könnte. «Hab' keine Angst, mein Junge, ich werde aufpassen!» Als er sauber war, setzte sie ihn zum Abtrocknen auf das Bett. Sie küßte seinen Bauch. Da umschlang er ihren Hals und sagte: «Du bist wie meine Mutter, sei meine Mutter.» Er hatte leuchtende, braune Augen und als ihr Blick den des Kindes traf, antwortete sie: «Ja, ich werde deine Mutter sein.»

Nach einer halben Stunde mußte sie ins Kinderheim zurück. Um sechs Uhr wurden die Medikamente ausgeteilt, sie mußte auch beim Abendessen anwesend sein. Das Kind begann schrecklich zu weinen: «Weiße Amme, komm zurück!» Sie hielt sich die Ohren zu, weil sie das Weinen nicht hören konnte. Sie mußte zurück, um die Medikamente auszuteilen. Um neun Uhr abends klopfte es an die Tür ihrer Schlafkammer, die gleichzeitig das Sprechzimmer war. Sie glaubte, daß ein asthmakrankes Kind einen Anfall hätte. Die Tür öffnete sich und der Mann, den sie am Nachmittag kennengelernt hatte, trat ein. Er hatte ein Bündel im Arm, und erst als er sich näherte, hörte sie das Weinen eines Kindes. Sie schlug die Decke auf, das Kind umarmte sie und wollte sie nicht mehr loslassen. Sie bat den Mann, nach Hause zu gehen und auf die anderen drei Kinder aufzupassen, sie würde ihm das Kind dann am Morgen wieder bringen. So ging es drei Tage. Am dritten Tag kam der Mann, begleitet von der marokkanischen Nachbarin, die er zum Dolmetschen mitgebracht hatte. Er würde das Weinen der Kinder nicht mehr aushalten, weil es den Schmerz über den Tod seiner Frau immer aufs Neue in ihm wachrufen würde. Er fragte, ob sie Lust habe, die vier Kinder zu sich zu nehmen. Sie bejahte. «Und was wird mit mir?» «Na gut, dann also alle. Package deal.»

Vier Tage später gingen sie zum Rabbinat. Sie wußte nicht einmal den Namen ihres zukünftigen Mannes. Als sie ihren Bruder anrief und ihm erzählte, daß sie in drei Tagen heiraten würde, traute dieser seinen Ohren nicht. Er war einige Tage zuvor bei ihr gewesen, von einer beabsichtigten Hochzeit keine Rede. «Wie heißt er?» «Weiß ich nicht.» «Wo arbeitet er?» «Weiß ich nicht.»

Der Bruder sagte zu seiner Frau, sie solle die Ambulanz rufen, um die Schwester schnell ins Irrenhaus zu bringen, da sie offensichtlich durchgedreht wäre. «Was ist denn das für ein Mann, der in vier Tagen eine solche Wandlung herbeiführt?» «Der Mann hat vier Kinder, seine Frau ist an Leukämie gestorben. Ich habe beschlossen, ihn zu heiraten und für die Kinder zu sorgen.» Da erinnerte sich der Bruder an ihren Traum. Und er sagte: «Siehst du Schwester, hier sind die vier Blumen und die vier Kinder, wie es der Rabbi vorhergesagt hat.»

Die Hochzeit wurde im Speisesaal des Kinderheimes gefeiert, in dem sich über hundertfünfzig Menschen drängten. Die Hochzeit fand am 10. September 1975 statt. Zu diesem Zeitpunkt kannten sie sich seit zehn Tagen.

Sie nahm drei Wochen Urlaub. Sie ging nicht zurück in die Armee. Sie widmete sich ihrer Familie. Es verstand sich von selbst, daß auch Gerschon zu dieser Familie gehörte. Sie kaufte Kindermöbel, ein doppelstöckiges Holzbett, zwei Schreibtische und Schränke.

Die Arbeit im Heim für asthmakranke Kinder quittierte sie, jetzt hatte sie genügend Energie für die Familie. Ihr Mann verdiente ein wenig Geld an einer Tankstelle. Diese Arbeit hatte er durch Vermittlung eines ihrer Patienten bekommen. Bald darauf richtete die deutsche Krankenversicherung in Ein Bokek, fünfundzwanzig Kilometer von Arad entfernt, in einer Hotelzeile am Toten Meer eine Praxis ein, die sich auf die Behandlung von Schuppenflechten spezialisierte. Man suchte eine Schwester, die deutsch sprach. Sie erhielt die Stelle und arbeitet heute noch dort.

Ein paar Tage nach der Hochzeit fragte sie ihren Mann, wie seine erste Frau gewesen sei. «Ein sehr ruhiges, junges Geschöpf, eine Katholikin.» Nach jüdischem Gesetz waren die Kinder katholisch. So ging sie zum Rabbinat und machte sich daran, den Übertritt der Kinder zum jüdischen Glauben vorzubereiten. Die Angelegenheit zog sich etwa anderthalb Jahre hin. Sie erhielt auch das Sorgerecht für die Kinder. Bei der Verhandlung, bei der drei Richter entschieden, fragte ihr Mann erstaunt, warum dies alles geschehen müsse. Der Vorsitzende antwortete ihm, daß die Überprüfung ihrer sozialen Situation ergeben habe, daß er nicht in der Lage sei, die Kinder großzuziehen.

Die Jungen wurden beschnitten, das Mädchen ging nach jüdischem Brauch in die Mikwe*. An der Zeremonie nahmen die Rabbiner von Israel und Arad teil. Der Oberrabbiner von Israel kam deshalb, weil sie ihre Ansuchen auch bei ihm eingereicht hatte. Der Oberrabbiner wollte ihr mit seiner Anwesenheit eine Ehre erweisen. Die Kinder nannten sie Viktoria, bei ihrem zweiten Namen, kurz: Viki. Sie lebte anderthalb Monate mit ihnen, als sie den ältesten Jungen von der Straße rufen hörte: «Ima!» Das bedeutet auf Hebräisch: Mutter. Sie erkannte die Stimme des Kindes, glaubte aber, sich getäuscht zu haben.

Als sie die Kinder zum Abendessen rief, umarmte sie David und fragte ihn: «Was ist dir eingefallen, mein Junge, mich Ima zu nennen?» «Als wir unten gespielt haben, haben wir beschlossen, daß du so bist wie unsere Mutter, und daß wir dich von nun an auch Mutter nennen werden.»

Seit sie mit dem Mond Freundschaft geschlossen hatte, wußte sie, daß etwas die Welt regierte. Egal, in welche Bedrängnis sie geraten würde, jemand würde ihr helfen. Nicht der Vater, nicht die Mutter, nicht der Leiter des Waisenhauses – kein menschliches Wesen. Es mußte etwas anderes sein. Am Ende würde sie für alles entschädigt. Die Entschädigung waren ihre vier Kinder. Sie hatte nie jemanden um etwas beneidet, weder um die große Wohnung, das Luxusauto oder den guten Mann. Nur wenn sie eine schwangere Frau sah, einen Kinderwagen oder ein Ehepaar mit Kindern, dann quälte sie der Schmerz: «Warum nennt mich niemand Ima?»

Per Gerichtsbeschluß wurde ihr die Vormundschaft zugesprochen. Der Richter fragte jedes der Kinder, ob es damit einverstanden sei, daß die Frau von nun an ihre Mutter wäre. Alle Kinder antworteten mit ja. Die Richter fragte sie, was sie dazu sage. Sie antwortete, daß diese vier Kinder ihren sehnlichen Wunsch nach Mutterschaft erfüllt hätten. Mit Tränen in den Augen sagte der Richter: «Sei gesegnet.»

Worterläuterungen

Alija: Einwanderung nach Israel

Alijat hanoar: Jugendeinwanderungsbewegung

Aschkenasim: ost- und mitteleuropäische Juden

Bar Mizwa: Akt der Einführung männlicher Juden in alle religiösen Rechte und Pflichten

Bricha: Name der Organisation, die Flucht und Alija organisierte

Chaluzim, Pl. von Chaluz: Pioniere der Palästina bevölkernden Juden

Chanukka: jüdisches Fest der Tempelweihe im Dezember

Chust (russ.): ungar. Huszt; eine Kleinstadt in der südwestlichen Ukraine

Dror Habonim: Freie Erbauer; linke, zionistische Jugendorganisation

Erew Schabbat: Vorabend des Sabbat

Grosswardein: ungar. Nagyvárad; rumän. Oradea; heute in Rumänien

Hagana: jüdische Kampforganisation vor der Gründung des Staates Israel

Hanoar Hazioni/Hanhaz: Zionistische Jugend; bürgerliche, zionistische Jugendorganisation

Haschomer Hazair: Die jungen Wächter; größte, linke Jugendorganisation

Hatikwa: Hoffnung; nach dem Entstehen des Staates die israelische Hymne

Hawdala: Trennung, Unterscheidung; eine Zeremonie am Ausgang des Sabbat, die den Feiertag von den Werktagen scheidet

Hodaa: Meldung beim Hissen der Fahne

Iwrith: Neuhebräisch

Jeladim, jeladim – lischkaw!: Kinder, Kinder, legt euch hin!

Jeschiwa: talmudische Hochschule

Joint: amerikanisch-jüdische Hilfsorganisation

Jahrzeit: die Wiederkehr des Todestages

Kaddisch: Totengebet

Kaschrut: Speisegesetze

K'tuba: Eheurkunde

Kibbuzim, Pl. von Kibbuz: Gemeinschaftssiedlung in Israel

Kiddusch: Einsegnung; mit Gebet, Wein und Kuchen abgehaltener Ritus, mit dem ein Feiertag aus dem Alltag herausgehoben wird

Klausenburg: ungar. Kolozsvár; rumän. Cluj; heute in Rumänien

Kol beseder?: Ist alles in Ordnung?

Kwuza, Pl. Kwuzot: Gruppe; Grundeinheit der zionistischen Jugendbewegung

Maabara: Zeltlager; hier wurden in den vierziger und fünfziger Jahren die Neuankömmlinge in Israel untergebracht

Madrichim, Pl. von Madrich: Leiter in der Jugendorganisation

Ma nischma, ma schlomcha: Wie geht's?

Mapai Bewegung: linkszionistische Bewegung, aus der die Arbeiterpartei hervorging

Mazzes: ungesäuertes Pessachbrot

MÁV: ungarische Staatsbahnen

Meschek hapoalot: Lehrlandwirtschaft

Mikwe: rituelles Bad

Pessachfest, Pessachmahl: Fest im Frühjahr zur Erinnerung an den Auszug der Israeliten aus Ägypten

Pressburg: ungar. Pozsony; slowak. Bratislava; heute Hauptstadt der Slowakei

Purim: Freudenfest im Februar/März zur Erinnerung an die Rettung der persischen Juden

Ritschett: Gericht; eine Art Scholet mit Rollgerste angereichert, mit reichlich Brühe

Savta: Großmutter

Schammes: Synagogendiener

Schlachmones: ein Purimsbrauch, Selbstgebackenes an Freunde und Familienangehörige zu schicken. Der Ursprung der Tradition geht auf die Purimgeschichte (Buch Esther) zurück, die zur Erinnerung an die wunderbare Rettung vorschrieb: schlach manot, schicke Gaben.

SCHLICHIM, Pl. von Schaliach: Gesandte

SCHMA JISRAEL: Höre, Israel; Anfangsworte eines jüdischen Gebets

SEFARDIM: Juden spanisch-portugiesischer Herkunft

SIUR: Patrouille

SICHA: Gespräch, Aussprache, Verhandlung

SOCHNUT JAFI: Jewish Agency for Israel; 1922 gegründete Organisation zuständig für die Einwanderung (siehe *Alija*) der Juden nach Palästina/Israel

TANACH: Bibel

TU-BISCHWAT-FEST: das Fest der Bäume, bei dem mindestens fünfzehn verschiedene im Heiligen Land wachsende Früchte verzehrt werden

ÚJ KELET: (=Der Neue Osten); in Kolozsvár/Klausenburg gegründete, seit 1945 in Tel Aviv erscheinende Zeitung der ungarischsprachigen Einwanderer

UNRA: Flüchtlingskommission der Vereinten Nationen